Sebastian Danner

Der **Soldat** des **Kaisers**

Die Jagd nach den Schlüsselsteinen

novum pro

Bibliografische Information
der Deutschen Nationalbibliothek:

Die Deutsche Nationalbibliothek
verzeichnet diese Publikation in
der Deutschen Nationalbibliografie.
Detaillierte bibliografische Daten
sind im Internet über
http://www.d-nb.de abrufbar.

Gedruckt in der Europäischen Union
auf umweltfreundlichem, chlor- und
säurefrei gebleichtem Papier.

© 2025 novum publishing gmbh
Rathausgasse 73, A-7311 Neckenmarkt
office@novumverlag.com

ISBN 978-3-7116-0644-0
Lektorat: Mag. Eva-Maria Peidelstein
Umschlagabbildungen: Tarog8,
Lenapix l Dreamstime.com
Umschlaggestaltung, Layout & Satz:
novum Verlag

www.novumverlag.com

Inhaltsverzeichnis

Prolog

Als Theobald erwachte, war es in seinem Zimmer stockfinster. Er setzte sich auf den Rand seines Bettes und rieb sich den Schlaf aus den Augen. Es dauerte etwas, bis er vollkommen wach war. Er streckte sich und ging rüber zu einem Stuhl, wo seine Arbeitskleidung lag, die er sofort anzog. Vorsichtig öffnete er die hölzerne Tür seines Zimmers, um zu verhindern, dass sie zu laut quietschte. Schritt für Schritt schlich er auf den Dielen vorbei am Zimmer seiner Großeltern. Er wollte sie auf keinen Fall wecken. Vor allem nicht zu einer so frühen Stunde. Er öffnete leise die Haustür und verließ das Haus.

Vor dem Haus nahm er einen tiefen Atemzug der morgendlichen Bergluft. Es war sehr kalt an diesem Morgen. Er machte seine Jacke zu und versteckte seine Hände in seiner Hosentasche. Das Dorf, in dem er lebte, lag in einem Tal umgeben von Bergen, die es in Dunkelheit hüllten. Nur ein dunkles Orange an den Spitzen der Berge kündigte den neuen Tag an. Es war noch so früh am Morgen, dass selbst der Hahn auf dem Mist noch schlief. Theobald machte sich auf den Weg zum Marktplatz. Dort würde er sich mit den anderen Bewohnern treffen, um auf die Felder zu gehen und die Ernte einzuholen. Während er auf den Pflastersteinen in Richtung Platz marschierte, betrachtete er die Häuser, die dicht aneinander am Rande der Straße lagen. Der Aufbau war klassisch für diese Region. Ein Haus aus Stein mit einer hölzernen Fassade vom ersten Stock ab. Auf seinem Weg zum Stadtplatz kam Theobald an dem Heim des Dorfschmieds vorbei. Es sah nicht viel anders aus als die anderen Häuser des Dorfes. Von der Schmiede selbst konnte Theobald nicht viel sehen, da sie sich hinter dem Haus des Schmieds befand. Nur der Schornstein spitzte hinter diesem hervor. Vor dem Gebäude sah er den Schmied selbst mit seinem Sohn, wie sie einen Wagen mit Sensen beluden. Mit der Zeit kam der Stadtplatz zum Vorschein. Er erkannte die kleine Statue von Mekus, dem alten Schutzpatron der Händler und Reisenden, der auf dem Brunnen stand. Um diesen herum sah er die Erntehelfer, die mit ihren Laternen den Platz etwas erhellten. Jedoch war eine Sache sehr merkwürdig. Das Plätschern des Brunnens hörte sich ungewöhnlich an. Als würde das Wasser auf matschigen Boden schlagen. Theobald fasste sich an die Jacke. Sie war nass, was sehr ungewöhnlich war, da das Wetter zwar kühl, aber trocken war. Theobald bekam ein ungutes Gefühl. Als er sich den Erntehelfern näherte, starrten diese ihn an. Plötzlich kam eine Hand aus der Menge und packte ihn. Jemand griff ihn an den Schultern und rief: „Theobald, Theobald, Theobald!"

„Hey, Schlafmütze, steh endlich auf!", rief ihm eine bekannte Stimme zu. Er erwachte und blickte in das nasse, schmutzige Gesicht seines Kameraden Robert. Etwas verwirrt sah sich Theobald um. Der Brunnen des Marktplatzes sowie die Häuser seiner Heimat waren verschwunden. Ersetzt wurden sie durch einen mit fransigen Holzstämmen befestigten Graben, in dem er, angelehnt an die Stämme, saß. Er hörte den Regen, wie er gegen die Wipfel der Tannen schlug, die dicht aneinander gereiht um den Graben standen und das Gröbste abhielten.

„Du hast doch nicht ernsthaft bei diesem Sauwetter geschlafen?", fragte Robert mit einem etwas verwunderten Gesichtsausdruck.

„Ich würde es eher als Nickerchen bezeichnen", sagte Theobald lächelnd und streckte seine Hand in Richtung seines Kameraden.

„Pff, Nickerchen", sagte Robert und verdrehte dabei etwas die Augen. Er griff nach der Hand von Theobald. „Dir ist schon klar, dass du heute Nachtwache hattest", sagte er, während er seinem Kameraden aufhalf. Theobald nickte und klopfte sich den Dreck von der schwarzen Uniform. Dabei bemerkte er, dass diese komplett durchnässt war.

Er griff nach seiner Kappe, die in einer Pfütze lag und wand sie aus. „Scheiße", murmelte er und stopfte sie in die Jackentasche seiner Uniform. „Kannst du mir bitte meine Sachen geben?", fragte er und deutete dabei auf den mitgenommenen Rucksack, der hinter Robert an der Wand des Grabens lehnte. An diesem waren ein Gewehr und ein Säbel befestigt. Sein langjähriger Kamerad nahm ihn und gab ihn Theobald.

Kopfschüttelnd sagte er: „Du hast ganz schön Nerven, während der Nachtwache zu schlafen. Wenn das der Offizier wüsste, der würde dich in Spange schließen oder schlimmer, dich anbinden lassen. Gott, wenn ich bloß daran denke, wie sie dem armen Max die Schulter ausgekugelt haben. Dabei bekomme ich immer noch Gänsehaut."

„Ist er denn sehr ungeduldig?", fragte Theobald.

„Ich wäre nicht hier, wenn er mich nicht geschickt hätte", entgegnete Robert.

„Hör mal", sagte Theobald, „Wenn der Offizier fragt, warum ich mich nicht rechtzeitig gemeldet habe, dann erzähl ihm nicht, dass ich geschlafen habe. Verstanden?"

Robert verschränkte die Arme und lächelte. „Was springt für mich dabei raus?", forderte er.

„Du willst echt dafür was haben?", schnaubte Theobald. Sein Kamerad nickte, während er ein hämisches Grinsen im Gesicht trug. Theobald seufzte und schüttelte leicht den Kopf. Er griff in seine Hosentasche und holte zwei silberne Münzen hervor, die mit dem Gesicht des Kaisers geprägt waren. „Das sind die letzten Münzen, die ich habe. Das sollte reichen, um mir dein Schweigen zu erkaufen." Robert schaute auf die Münzen und grübelte etwas nach. Er wollte etwas sagen, ließ es aber und nahm die Münzen und steckte sie ein. „Gut", sagte Theobald, „Dann lass uns losgehen, bevor der Offizier noch vor Ungeduld platzt."

Die beiden gingen den matschigen Boden des Grabens entlang bis zu einer kleinen Rampe, die als Einstiegspunkt diente. Theobald schaute den Hang hoch in Richtung eines grauen Blockes. Tagelang waren sie marschiert, um diesen Punkt zu erreichen. Ein kleiner, baufälliger Kommunikationsbunker, der am Hang eines Berges lag und zum Fluchtpunkt der Kompanie wurde, der Theobald zugeteilt wurde. Jedenfalls dem, was von ihr übrig geblieben ist. Geplant war, dass sich die Kompanie mit einer anderen im Norden des Landes trifft, mit Hoffnung darauf, das Kriegsgeschehen zu wenden. Denn seitdem die Truppen der neuen Kaiserin die Hauptstadt eingenommen hatten und ihr Bruder, der Kaiser, und seine Berater geflohen waren, versuchten einige Restverbände der Armee, sich zu sammeln, um die Stadt zurückzuerobern. Leider geriet die Kompanie in einen Hinterhalt, der von den Truppen der Kaiserin gelegt worden war. Dabei wurde die Einheit geteilt und sie floh mit ihrem letzten Offizier in die Berge. Gerade mal 80 Mann schafften es bis hierhin. Der Rest ließ sein Leben auf dem Weg zu ihrer Position.

Theobald und sein Kamerad stapften über die großen Wurzeln in Richtung des Bunkers, wo Offizier Babel sein Quartier bezogen hatte. Sie kamen an einer mit Blättern überdachten Stellung vorbei, in der ein Maschinengewehr platziert war. In ihr saßen zwei Soldaten, die sich unterhielten und Zigaretten rauchten. Sie hielten in ihrem Gespräch kurz inne, um die zwei vorbeiziehenden Kameraden zu grüßen.

„Ist die Lage immer noch angespannt?", fragte Theobald Robert.

„Was denkst du denn?", antwortete dieser. „Seitdem Hogna und Rüb dem Späher der Kaiserin im Wald begegnet sind, ist die Stimmung sehr bedrückend und angespannt. Einige der Kameraden wollten sich letzte Nacht schon aus dem Lager davonstehlen, doch der Offizier hat ihnen noch ins Gewissen geredet. Dieser Ort ist zwar das letzte Drecksloch, aber da draußen würden sie nur den feindlichen Truppen in die Hände fallen", sagte Robert.

„Es überrascht mich nicht, dass uns die Soldaten der Kaiserin gefunden haben. Wir haben auf dem Weg hierher eine Menge Sachen liegen lassen. Stehengebliebene Wagen, zurückgelassener Proviant, wir hatten nicht mal Zeit, unsere Kameraden zu bestatten, die auf dem Weg hierher gestorben sind", sagte Theobald.

Robert blickte zu ihm. „Wie lange, meinst du, dauert es, bis sie hier sind?", fragte er.

Theobald hielt kurz inne, dann schüttelte er den Kopf. „Das weiß ich nicht", sagte er und seufzte.

Robert nickte. „Das hätte ich nie gedacht, dass ich mal in einem gottverlassenen Wald sterben würde", gab er zu und blickte auf den Bunker.

„Besser hier als auf den Schlachtfeldern, wo schon Tausende liegen. Das sag ich dir, auf den Feldern der Namenlosen wird dich keiner betrauern können. Hier besteht wenigstens die Chance, dass uns die Soldaten der Kaiserin ein anständiges Begräbnis geben", entgegnete Theobald.

„Du meinst, die machen sich die Mühe?", fragte Robert.

Theobald sah ihn an. Er wollte seinem langjährigen Freund etwas Hoffnung geben, aber er wusste, dass er ihm nichts vormachen konnte. „Ich hoffe es zumindest", sagte er.

So setzten beide ihren Marsch über matschigen Waldboden fort, bis sie den Bunker erreichten. Er bestand aus Beton, der an einigen Stellen schon mit Moos bedeckt war. An manchen Ecken und Kanten war der Beton abgebrochen, sodass der der Stahl zu sehen war, der vereinzelt schon verrostete. Obwohl der Krieg erst vor zehn Jahren begonnen hatte, sah das Gebäude so aus, als würde es hier schon seit Hunderten von Jahren stehen. Robert klopfte an die metallische Tür. Sie öffnete sich mit einem lauten Quietschen. In der Tür stand ein bärtiger Mann mit verdreckter Uniform und musterte die beiden Ankömmlinge.

„Ihr habt euch ganz schön viel Zeit gelassen", brummte er mit rauer Stimme. „Na los, kommt rein. Der Offizier hat schon nach euch gefragt", schnaubte er und winkte Theobald und Robert herein. Mit einem Knall ging die Tür hinter den beiden zu. „Ihr wisst ja, wo's langgeht", sagte der bärtige Mann und verschwand in einer kleinen Kammer.

Die zwei Soldaten standen in einem kleinen Gang, der dürftig beleuchtet war, an dessen Ende das Zimmer des Offiziers lag. An den Seiten des Ganges lagen kleine Kammern, in denen die Verletzten untergebracht waren. Auf ihrem Weg zum Zimmer des Offiziers kam ihnen der Feldarzt entgegen. Er trug eine weiße, blutverschmierte Schürze. Er grüßte die beiden freundlich und verschwand in eine der Kammern. Als Theobald durch den dunkeln Gang ging, überkam ihn ein ungutes Gefühl. Für einen Moment hörte er Artilleriefeuer sowie das dumpfe Pfeifen der Geschosse, wie sie durch die Luft flogen. Er spürte die Erschütterungen, der gesamte Bunker fing für ihn an zu beben.

Die Lichter flackerten und bewegten sich, während Staub und Dreck von ihnen fiel. Er hörte die Rufe der Offiziere, die Schreie der Soldaten. Da griff ihm Robert an die Schulter.

„Hey, alles in Ordnung mit dir? Du siehst etwas blass um die Nase aus", sagte er und schaute Theobald verwundert an. Dieser griff sich an den Kopf.

„Es ist nichts. Es geht schon wieder", sagte er zu seinem Kameraden. Er schloss die Augen und holte tief Luft. Das unangenehme Gefühl verschwand, der Lärm und die Stimmen ebenso. Er öffnete die Augen und blickte in das Gesicht von Robert.

„Was war denn grad mit dir los? Ist irgendwas passiert?", fragte er.

„Nein, nein. Alles bestens, bin wohl immer noch etwas müde", sagte Theobald und versuchte, sich zu beruhigen. Robert schaute ihn verdutzt an. Nach einer Weile ging es Theobald besser und sie gingen zu der Tür, an die Theobald klopfte. Es ertönte ein dumpfes „Herein".

Beide standen nun im Offiziersraum. Die Beleuchtung des Raumes war heller als im Rest des Bunkers. Die rauen, in Grau gehaltenen Wände strahlten eine gewisse Kälte aus. An einer der Wände hing die Karte des Reiches, in welchem noch die Frontabschnitte von vor fünf Jahren eingezeichnet waren. Hinter dem Tisch, der mittig im Raum platziert war, saß Unteroffizier Babel, der gerade etwas auf ein Papier schrieb. Er schaute die beiden nicht an.

„Bericht", sagte er in einem harschen Ton.

„Es gab keine Vorkommnisse, Herr Offizier", sagte Theobald. Babel schloss seinen Füller und legte ihn auf das Papier, lehnte sich zurück in seinen Stuhl und schaute die beiden Soldaten an.

„So. Keine Vorkommnisse, wie?" Er verschränkte seine Arme. „Wie kommt es dann, dass du mir nicht eher Bericht erstattet hast und ich extra jemand nach dir schicken musste?", sagte Babel in einem vorwurfsvollen Ton.

„Meine Taschenuhr ist kaputtgegangen und meine Ablösung war noch nicht erschienen, Herr Offizier", sagte Theobald, während er geradeaus in Richtung der Fahne des Kaiserreichs blickte, die hinter Babel hing.

Der Offizier seufzte und stütze sich auf den Tisch. „Robert, geh und schick Lars an seinen Posten", befahl er.

„Was!? Wo soll ich den jetzt finden? Der ist mit den anderen in den Wald gegangen, um Feuerholz zu holen", entgegnete Robert.

Babel schlug auf den Tisch. „Ist mir egal! Such ihn und schick ihn auf seinen verdammten Posten!", brüllte er.

Robert salutierte. „Zu Befehl", sagte er und verließ den Raum.

Theobald war nun allein mit dem Offizier. Dieser stand auf und ging durch den Raum. Die Stimmung war angespannt. Theobalds Blick war immer noch nach vorne gerichtet. Er schaute auf Babels Uniform. An seiner linken Brust hing ein bronzener Stern, der zeigte, dass er ein Offizier niedrigen Ranges war. Seine Haltung zeigt Strenge und Disziplin, doch in seinen Augen spiegelte sich das Wesen eines abgekämpften Soldaten. Er stand auf und ging zur Karte.

„Sag mir, Theobald, wie lange wird es dauern, bis die Truppen der Kaiserin hier sind?", fragte er. Theobald blickte zu ihm hinüber.

„Drei bis vier Tage, schätze ich", antwortete er.

Der Offizier seufzte. „Bist du sicher?", fragte er den Soldaten.

„Nicht ganz. Aber die Tatsache, dass sie uns im Wald begegnet sind, deutet drauf hin, dass sie wissen, wo wir sind. Sie können auch schon früher angreifen", sagte Theobald.

„Viel werden wir ihnen nicht entgegenhalten können. Die Moral ist gebrochen und die Stellungen sind dürftig", sagte der Offizier und setzte sich wieder hin. „Hast du Robert irgendetwas darüber erzählt?", fragte er. Theobald schüttelte den Kopf. „Gut, gut. Wir können uns derzeit keine Panik leisten", sagte Babel und nickte dabei. „Nun, Theobald, das wäre alles für den Moment", sagte er, griff nach seinem Füller und schrieb weiter. Theobald salutierte und verließ das Büro des Offiziers.

Als er den Bunker verließ, hatte sich der Regen bereits verzogen. Nebelschwaden zogen über die Hänge des Waldes in Richtung des noch mit Wolken bedeckten Himmels. In Gedanken versunken ging Theobald zum Lagerfeuer, das in der Nähe des Bunkers war. An ihm saßen einige Soldaten und wärmten sich. Er setzte sich zu ihnen und versuchte, sich ein wenig zu beruhigen. Er merkte, wie die kommende Schlacht ihre Schatten vorauswarf.

Als die Nacht hereinbrach, fand sich Theobald im Schützengraben wieder. Er hatte wieder Nachtwache und da er alleine war, zündete er sich eine Zigarette am. Der Rauch tanzte in der Luft und der Geruch verschiedener Kräuter nistete sich in seiner Nase ein. Beim Auspusten stieß er den Rauch in die Richtung des Vollmondes, wodurch dieser kurz hinter einer Wand aus Nebel verschwand. Nachdem er fertig war, warf er den glühenden Rest auf den Boden und trat ihn aus. Dann lehnte er sich an die Wand des Grabens und blickte in das vom Mond erhellte Tal. Die Wipfel der Bäume erstrahlten in einem mystischen Licht. Vereinzelt hörte er die Rufe einer Eule, die durch den Wald hallten.

Plötzlich hörte er Schritte, die näherkamen. Jemand lief auf ihn zu. Er nahm sein Gewehr und richtete es in die Richtung, aus der das Geräusch kam. Sein Finger war am Abzug, bereit zu schießen.

„Wer da?", rief Theobald.

„Ich bin's, Jens", kam als Antwort. Aus der Dunkelheit trat ein Soldat in das helle Licht des Mondes. Es war einer der Verletzten, die im Bunker untergebracht waren. Um seinen Kopf war eine Bandage gebunden, die sein linkes Auge abdeckte. Theobald nahm sein Gewehr runter. „Mensch, Jens, was soll das?! Was läufst du hier mitten in der Finsternis auf mich zu?! Ich hätte dich fast abgeknallt!", schimpfte Theobald. „Was willst du?"

„Du musst schnell kommen", sagte Jens.

„Warum?", fragte Theobald, „Was ist denn passiert?"

„Man hat mir nicht gesagt, was los ist, nur dass du kommen sollst", antwortete Jens.

Aus seiner Stimmte konnte Theobald heraushören, dass etwas Schlimmes passiert war. Er nickte Jens zu und stieg über das Holz der Grabenwand. Beide gingen zum Bunker.

Dort herrschte große Aufregung. Die Verwundeten standen dicht gedrängt an den Rahmen der Kammern und blickten den Gang runter, in Richtung Babels Büro. Die Sanitätshelfer des

Feldarztes liefen durch den Gang und versuchten, die Soldaten zu beruhigen. „Was war das? Was ist passiert?", fragten die Verwundeten die Helfer, doch diese zeigten mit ihren Gesten, dass sie zurück in ihre Betten gehen sollten. Inmitten des Chaos drückte sich Theobald durch die Menge in Richtung des Offizierszimmers. Vor der Tür standen zwei bewaffnete Soldaten, um zu verhindern, dass irgendeiner der Neugierigen das Zimmer betrat. Als sie Theobald sahen, machten sie eine Handbewegung, dass er eintreten durfte.

Als Theobald das Zimmer betrat, erschrak er. Babel lag zusammengebrochen in seinem Stuhl. Sein Kopf lag auf dem Tisch. Theobald machte ein paar Schritte nach vor und sah die Blutlache, in der der Kopf des Unteroffiziers lag. Der Feldarzt stand neben Babel und inspizierte ihn.

„Was in Malachs Namen ist hier passiert?", fragte Theobald, als er sich dem Leichnam näherte.

„Keine Ahnung", antwortete der Koch, der in der Ecke des Raumes auf einem Stuhl saß. „Ich hörte einen lauten Knall. Dachte erst, es wäre der Stromgenerator gewesen, der wieder den Geist aufgegeben hat. Ich bin dann zum Offizier, um mir den Schlüssel für den Generatorraum zu holen, und da sah ich ihn so", stotterte er.

Theobald wandte sich der Leiche zu. Es war wahrlich kein schöner Anblick. Das Blut tropfte über die Tischkante auf dem Boden, wo es eine kleine Pfütze bildete. Am Hinterkopf erkannte Theobald eine Schusswunde. Er blickte zur Wand hinter ihm, die ein gut erkennbares Loch hatte, in dem die Kugel steckte. Er schaute auf den Boden neben Babels Leiche und erblickte dort einen Revolver, den er aufhob. Er spürte, dass dieser noch warm war. Er öffnete die Trommel. Es befand sich nur eine Patrone in den Kammern, die bereits abgefeuert wurde. Theobald konnte erahnen, was hier passiert war. „Warum hat er das bloß getan?", fragte er sich. Seine Gedanken wurden von der Stimme des Arztes unterbrochen.

„Was für eine Sauerei" stöhnte er, „Er hätte sich wenigstens einen sauberen Tod aussuchen können."

„Einen sauberen Tod?", rief der Koch entsetzt.

„Erhängen", entgegnete der Arzt kühl „Macht weniger Flecken." Der Koch warf dem Arzt einen Blick voller Abscheu zu.

„Da treten mit der Zeit nur die Augen vor", mischte sich Theobald in das Gespräch ein und legte dabei den Revolver auf den Tisch. „Das ist auch nicht viel schöner zum Anschauen."

„Ihr seid doch krank", sagte der Koch.

„Kommt mit dem Beruf", sagte der Arzt und schmunzelte ein wenig. Er ging zur Tür und wies die Soldaten, die Wache hielten, an, eine Trage und ein Tuch zu holen. Danach wandte er sich wieder Theobald und dem Koch zu. „Die Todesursache ist eindeutig. Er hat sich selbst erschossen", sagte der Arzt.

„Warum sollte er das bloß machen?", fragte der Koch verwirrt. Der Arzt zuckte mit den Schultern.

„Was machen wir jetzt?", fragte Theobald in die Runde.

„Das liegt an dir. Du hast die jetzt die Entscheidungsgewalt", antwortete der Arzt.

„Was? Warum gerade er?", fragte der Koch.

„Naja, ganz einfach", sagte der Arzt, „Er ist jetzt der Ranghöchste in der Einheit. Damit hat er folglich nun die Befehlsgewalt." Er warf Theobald einen vorwurfsvollen Blick zu. „Um ehrlich zu sein, hättest du ja das Kommando viel früher innegehabt. Dein Rang ist höher als der von Babel."

Der Koch wandte sich an Theobald. „Was?! Du hast einen höheren Rang als Babel? Warum hast du dann nicht das Kommando übernommen?"

Theobald blickte auf die Leiche des Offiziers. „Wir haben eine Abmachung getroffen. Er wollte unbedingt die Befehlsgewalt." Er drehte sich zu den anderen. „Keine Ahnung, warum er sie haben wollte. Ich war nur froh, dass ich sie abgeben konnte."

Das Gespräch der Gruppe wurde durch ein Klopfen an der Tür unterbrochen. Die zwei Soldaten, die der Arzt losgeschickt hatte, betraten mit einer Trage den Raum.

„Wie dem auch sei. Du kommst jetzt nicht drumherum, die Verantwortung zu übernehmen. Also, was sollen wir machen?", fragte der Arzt und gab mit einer Handbewegung den anderen

Soldaten die Anweisung, die Leiche auf die Trage zu legen. Theobald dachte nach.

„Ich würde sagen, dass wir fürs Erste abwarten und sehen, wie sich die Situation entwickelt", sagte er, „Am besten, wir sagen keinem etwas darüber, was hier passiert ist. Das würde die Situation im Lager nur verschlechtern." Er blickte zu den anderen im Raum. Sie zögerten etwas, nickten ihm aber zu.

„Gut dann hätten wir das geklärt", sagte der Arzt, ging zur Tür und spitzte in den Gang, um sicherzustellen, dass kein neugieriges Auge ihre Aktion bemerkte. Danach wies er die Soldaten an, ihm mit der Leiche zu folgen.

„Dann wünsche ich noch eine angenehme Nacht", sagte er, machte eine kleine Verbeugung und verließ den Raum.

„Ja, dann auch gute Nacht", sagte der Koch und verließ leicht schockiert und verwirrt den Raum.

Theobald ging zur Tür und machte sie zu. Er ließ sich auf den Stuhl fallen, auf dem der Koch gesessen hatte. Seufzend schaute er auf die Flagge des Kaiserreichs. Was sollte er jetzt bloß machen?

Der nächste Morgen war kalt und neblig. Theobald stand in der Mitte des Lagers und beobachtete die Soldaten, wie sie ihren alltäglichen Aufgaben nachgingen. Niemand schien etwas von den gestrigen Ereignissen mitbekommen zu haben, da alle ruhig ihren Aufgaben nachgingen. Theobald blickte in Richtung des Lagerfeuers. Etwas Wärme und Ruhe würden ihm guttun, dachte er sich. Er hatte in der Nacht kein Auge zubekommen und sehnte sich nach einem Platz, an dem er sich hinsetzen und ausruhen konnte. Er wollte sich gerade auf dem Weg machen, als er hellhörig wurde.

„Sie kommen! Sie kommen!", rief eine Stimme. Theobald und die anderen Soldaten schauten den Hang runter, den ein Soldat hoch lief. Er rang nach Luft, während sich um ihn eine Menge bildete.

„Sie kommen! Die Soldaten der Kaiserin sind hier! Ich habe sie gesehen!"

„Was?! Von wo? Wo hast du sie gesehen, was ist passiert?“, fragte einer der Soldaten.

„Am Aufgang des Berges habe ich sie gesehen. Sie kamen urplötzlich aus dem Nebel. Ich bin sofort losgerannt“, er hielt kurz inne, „Oh Gott! Robert! Er hat mich begleitet!“. Er fing an zu stottern. „Sie haben ihn sich geschnappt!“

Die Soldaten fingen an, eilig herumzulaufen. Sie griffen nach ihren Waffen und Habseligkeiten. Theobald blickte hastig um sich. Sein Herz fing an zu rasen. Die Stimmen der Truppführer, die versuchten, Ordnung in das Chaos zu bringen, hörten sich für ihn gedämpft an und ein schrilles Piepsen nistete sich in seinem Ohr ein. Er musste etwas unternehmen, er hatte das Kommando, doch das Chaos um ihn herum lähmte ihn. Er konnte keinen klaren Gedanken mehr fassen, im Gegenteil, das Einzige, was er nun wollte, war weglaufen. Plötzlich griff jemand nach seinem Arm und zog ihn nach vorne. Ein anderer wiederum drückte ihm seine Waffe in die Hand. Er befand sich nun in einem Haufen seiner Kameraden, die sich auf die Verteidigungsstellungen zubewegten. Er spürte, wie er von der Masse mitgeschleift wurde. Erst als er im Schützengraben ankam, fing er an, die Situation zu verstehen. Das Ringen in seinem Ohr war verschwunden, doch sein Herz pochte immer noch.

Die einst so leeren Gräben ihrer Stellungen waren jetzt mit den Soldaten gefüllt. Jeder hatte seine Waffe im Anschlag und blickte über den Grabenrand in den Nebel. Es machte sich eine bedrückende und angespannte Stille breit. Selbst der Wald schien vor Anspannung verstummt zu sein. Man hörte keinen Wind, kein einziges Tier. Die Stille wurde durch eine Stimme durchbrochen.

„Hallo? Ist da wer?“, fragte die Stimme. Keiner der Soldaten sagte etwas. „Ich bin hier, um zu verhandeln. Mein Name ist Eduart. Ich bin Offizier Ihrer kaiserlichen Majestät Victoria der Vierten.“

„Wir wollen mit euch Pissern aber nicht verhandeln“, rief einer der Soldaten zurück.

„Es gibt keinen Grund für weitere Feindseligkeiten", rief Eduart, „Legt eure Waffen nieder und wir versprechen euch, dass niemandem etwas passieren wird. Wir haben bereits einen eurer Leute in Gewahrsam genommen. Ihm geht es gut und er ist unverletzt."

„Das sollen wir euch glauben, was? Wie wär's, wenn ihr Wichser aus euren Verstecken kommt, damit wir wie echte Männer kämpfen können", antwortete einer der Soldaten.

Ein anderer brüllte: „Wir werden euch wie Vieh abschlachten und den Hang mit euren Eingeweiden verzieren." Die Stimmung heizte sich auf. Der Offizier versuchte weiter, die Situation zu entspannen, doch seine Worte gingen im Gegröle der Soldaten unter. Theobald musste etwas unternehmen. Die Situation fing an, aus dem Ruder zu laufen. Wenn er jetzt nicht eingriff, würde die Situation für alle tragisch enden.

„Wir sollten tun, was sie sagen", rief Theobald in die Menge. Das Grölen verstummte.

„Was? Was hast du gesagt?! Wir sollen uns diesen Arschlöchern ergeben?!", sagte einer der Soldaten.

„Bist du bescheuert?!", rief ein anderer, „Das grenzt ja an Verrat."

„Warum sollten wir uns ergeben, huh?", fragte einer der Soldaten.

„Wir haben nichts, was wir ihnen entgegenbringen könnten", antwortete Theobald, „Wir haben kaum Munition und wir sind kaum kampffähig."

„So ein Blödsinn. Wenn uns die Munition ausgeht, dann töten wie sie eben mit unseren bloßen Händen", sagte der Soldat. Die Menge stimmte ihm lauthals zu.

„Wenn wir jetzt kämpfen, gewinnen wir nichts. Es wäre besser, wenn wir uns ergeben", sagte Theobald.

„Es wäre besser, wenn ich dir das Maul stopfe, du Verräter", antwortete der Soldat.

Theobald stellte sich auf den Graben. „Wollt ihr wirklich alle, dass es so für euch endet? Wollt ihr wirklich hier, an diesem gottverlassenen Hang sterben? Kapiert ihr's nicht? Der Krieg ist vorbei. Der Kaiser ist weg, die Hauptstadt gefallen, es ist nichts mehr da, für das es sich zu sterben lohnt!" Unruhe brach aus. Die Soldaten fingen, an untereinander zu diskutieren.

„Na warte, du", sagte der Soldat, der mit Theobald stritt, und richtet seine Waffe auf ihn. „Du bist ein Verräter und deswegen wirst du als Erster sterben!"

Gerade wollte er den Abzug seiner Waffen betätigen, da warf sich ein anderer Soldat auf ihn und warf ihn zu Boden. Der Schuss löste sich trotzdem, schlug aber in einen Baum ein, der hinter Theobald stand.

„Bist du verrückt?! Du kannst doch nicht unseren Offizier töten", sagte der Soldat, der Theobald das Leben rettete. Theobald erkannte ihn. Er war einer der Wachleute, die Babels Leiche wegtrugen.

„Von was in Malachs Namen redest du da?", fragte einer der Soldaten, „Babel ist unser Offizier."

„Babel ist tot.", sagte der Wachmann, „Er hat sich gestern selbst umgebracht." Er deutete auf Theobald. „Er hier ist unser neuer Offizier."

Die Soldaten schauten schockiert zu Theobald.

„Ist ... ist das wahr?", fragte einer von ihnen. Theobald nickte. Die Soldaten schüttelten ihre Köpfe. Einer von ihnen warf seine Waffe zu Boden. „Götter, steht uns bei. Man hat uns dem Tode überlassen."

„Nur wenn wir kämpfen, werden wir hier sterben", sagte Theobald. Die Truppe zögerte etwas, aber nach und nach warfen die Soldaten ihre Waffen in auf den Boden des Grabens.

Theobald nickte und rief dem Offizier zu: „Ihr habt gewonnen. Wir ergeben uns."

„Sehr gut", rief der Offizier der Kaiserin zurück.

Aus dem Nebel traten die Soldaten der Kaiserin hervor. Sie trugen weiße Uniformen. Sie holten einen Soldaten nach dem anderen aus dem Graben, tasteten sie ab, um sicher zu gehen, dass sie keine weiteren Waffen trugen. Unter ihnen war auch der Offizier, der sich Theobald näherte. „Im Bunker?", fragte er.

„Nur Verletzte und medizinisches Personal", antwortete Theobald.

Der Offizier wies einige seiner Soldaten an, mit ihm zu kommen, und ging in Richtung des Bunkers. Währenddessen kam ein anderer zu Theobald und überprüfte ihn.

In einer Reihe mit erhobenen Händen ging es zum Fuße des Berges. Der Nebel war verflogen und gab die Aussicht auf die Felder und Wälder frei, die am Fuße des Berges lagen. Dort angekommen, warteten schon einige mit Dampf betriebene Lastwagen auf die Gefangen. Nach und nach wurden sie auf die einzelnen Wagen verteilt. Als Theobald in einem der Wagen Platz nahm, blickte er auf den Berg. Er sah den Feldarzt, wie er eine Kolonne mit Verletzten begleitete. Unter ihnen sah er auch die Trage, auf der Babels abgedeckte Leiche lag.

Mit einem lauten Klappern starteten die Lastwagen ihre Motoren und fuhren los. Theobald blickte dem Berg hinterher. Ihm war nicht aufgefallen, wie schön und farbenfroh der Wald war, in dem sie die letzten Tage ausgeharrt hatten. Er spürte eine Erleichterung. Sechs Jahre Bürgerkrieg lagen nun hinter ihm.

Kapitel 1

Rückkehr

Theobald wurde von den warmen Strahlen der Sonne geweckt. Er hörte das Läuten der Glocken des Klosters, in dem er untergebracht war. Voller Energie sprang aus dem Bett und zog sich schnell an. Er hatte ewig auf diesen Tag gewartet. Es war sein letzter Tag als Kriegsgefangener.

Nachdem er und die anderen seiner Einheit sich den Truppen der Kaiserin ergeben hatten, wurden sie an die verschiedenen Ortschaften der Gegend verteilt, um ihre Strafe abzuarbeiten. Theobald wurde in das Kloster von Aclips geschickt, um dort die medizinische Versorgung zu unterstützen. Eine Arbeit, die ihm nicht sehr gefiel. Während dieser Zeit dachte er immer an seine Heimat, an seine Familie und Freunde und sehnte sich nach dem Tag, an dem er wieder heim durfte.

Als er fertig angezogen war, wartete er etwas, bis die Mönche an seinem Zimmer vorbeigezogen waren. Er hörte, wie sie ihre Gebete aufsagten. Theobald war nie ein Mensch des Glaubens oder der Religion gewesen und war daher froh, dass er nicht an der Messe teilnehmen musste. Stattdessen verließ er schnurstracks sein Zimmer und ging zum Ausgang, mit schnellem Schritt in Richtung Rathaus, um seine Entlassungspapiere zu holen.

Während er durch die Straßen ging, überkam ihn ein Gefühl der Euphorie. Er konnte es immer noch nicht glauben, dass der Krieg nun endlich vorbei war. Die Jahre an der Front, inmitten von Tod und Leid, lagen nun endlich hinter ihn. Er hielt kurz inne. Er war dankbar dafür, noch am Leben zu sein.

Am Rathaus angekommen, stürmte er in das Zimmer des Hauptmannes, der ihn überrascht ansah.

„So früh schon da?", fragte der Hauptmann Theobald, „So viel ich weiß, steht deine Entlassung erst für den Nachmittag an."

Theobald streckte ihm seine Hand entgegen. „Meine Entlassungspapiere, bitte", sagte er mit einem genervten Blick.

„Moment mal", entgegnete der Hauptmann, „So machen wir das nicht. Ich habe mir hier noch einige Fehltage notiert."

„Es gibt keine Fehltage", schnaubte Theobald.

„Oh doch, die gibt es. Oder dachtest du, all die Stunden bzw. Minuten, die du später gekommen und früher gegangen bist, fallen nicht auf?", sagte der Hauptmann in einem etwas arroganten Ton, „Du hast ziemlich schlampig gearbeitet. Das hat den Mönchen nicht gefallen."

Theobald wurde zornig. „Das interessiert mich nicht. Ich bin kein Arzt oder Sanitäter. Ich sollte nicht einmal hier sein."

„Nun, das hättest du dir überlegen sollen, bevor du der Armee oder sogar dem Roten Adler beigetreten bist. Ansonsten wärst du schon längst frei wie alle anderen", sagte der Hauptmann.

Theobald beugte sich über den Tisch. „Ich wollte nie zur Armee, geschweige denn zu den Adlern! Hätte man die Menschen vorher gefragt, ob sie an diesem sinnlosen Krieg teilnehmen wollen, hätten wir uns 10 Jahre Abschlachten sparen können."

Beide schwiegen sich an. Der Hauptmann öffnete eine der Schubladen und holte ein Formular heraus und füllte es aus. Während er es unterschrieb und einen Stempel draufdrückte, sagte er zu Theobald: „Hast du ein Glück, dass dich der Abt loshaben will. Dich und diesen seltsamen Feldarzt, diesen Psycho."

Er streckte Theobald das Formular entgegen. Bevor dieser es nehmen konnte, zog der Hauptmann das Papier weg. „Damit wir uns verstehen", er schaute ihn mit einem ernsten Blick an, „Ich will dich Ratte nie wieder in der Stadt sehen. Hast du das kapiert?"

Er reichte Theobald wieder das Formular. Theobald riss es ihm aus der Hand und verließ das Zimmer. Mit einem lauten Knall schlug er die Tür zu.

Mit dem Schreiben machte er sich auf den Weg zum Wachposten am Stadttor, um dort seine Sachen zu holen, die man konfisziert hatte. Unter diesen war neben seinem Rucksack auch sein Säbel, den ihm die Wachleute nur unter Protest wiedergaben. Nachdem er alles hatte, setzte er sich in eine Kutsche und machte sich auf den Weg in seine Heimat.

Theobalds Heimat war ein kleines Dorf, das an einem Bergpass lag. Die Reise dauerte etwas, was Theobald nicht störte. Im Gegenteil, er genoss die Fahrt durch die ländliche Umgebung. Er atmete tief ein und machte die Augen zu. Es roch nicht mehr nach Blut und Asche, sondern nach Blumen und frischem Gras. Er spürte kein Feuer, sondern nur die Wärme des Sommers. Er hörte keine Schreie oder Artilleriegranaten, sondern nur das Zwitschern der Vögel und das Plätschern der Bäche. Und als er die Augen öffnete, da sah er keine Gräben und Stellungen mehr, keine Berge von Leichen, sondern nur ein Weizenfeld, das sich bis zum Horizont erstreckte. Er spürte den Frieden, den Aufbruch, der in der Luft lag, den er sich so sehnlichst wünschte.

Es war später Nachmittag, als er im Dorf ankam. Als er aus der Kutsche stieg und den Dorfplatz sah, machte sein Herz einen Freudensprung. Endlich daheim, dachte er. Er sah sich um. Das Dorf schien keinen nennenswerten Schaden im Krieg genommen zu haben. Alles war genau so, wie er es verlassen hatte. Theobald hörte lautes Gelächter, das aus dem Wirtshaus kam, das am Dorfplatz lag. „Vielleicht gehe ich später einmal hin", sprach er sich selbst zu, „Ein Bier oder zwei wären nicht verkehrt."

Theobald war nach feiern, vorher wollte er aber noch nach Hause und nach dem Rechten sehen. Er ging die Straße den Berg hoch, wo das Haus lag, in dem er wohnte. Auf dem Weg kramte er in seiner Jackentasche nach dem Schlüssel. Als er an seinem Haus ankam, steckte er den Schlüssel ins Schlüsselloch. Dabei merkte er, dass die Tür nicht abgeschlossen war. Er öffnete die Tür und ging ins Haus. Als er drinnen war, hörte er jemanden kochen. Er folgte dem Geräusch und ging in die Küche.

Der Raum war gefüllt mit dem Geruch von gebratenem Fleisch und brennendem Holz. An der Wand hingen einige Töpfe und Kellen, die sauber geputzt waren. Hinter dem Herd stand eine Frau, die ein blaues Kleid und eine weiße Schürze trug. Sie merkte, dass jemand hinter ihr in der Küche stand. Sie drehte sich zu Theobald um. Es war seine Mutter. Er freute sich, sie zu sehen und wollte sie umarmen.

„Was machst du denn hier?", fragte seine Mutter mit einem grimmigen Gesichtsausdruck.

Theobald wich erschrocken zurück. „Wie? Was meinst du?"

„Was du hier machst, hab' ich gefragt", schnaubte die Frau, „Du solltest gar nicht hier sein."

„Ich wohne hier", sagte Theobald, „Wo sollte ich sonst sein?"

„Keine Ahnung. Vielleicht tot auf irgendeinem Feld", entgegnete seine Mutter.

„Was? Was hast du gerade gesagt?" Theobald wurde lauter. „Freust du dich denn gar nicht, mich wiederzusehen?"

„Warum sollte ich mich freuen, dich wiederzusehen? Weil du mein Sohn bist? Dich? Du hast dich damals dazu entschieden, den Kaiser zu unterstützen und deine eigene Familie zu verraten. An diesem Tag bist du für mich und deinen Vater gestorben!"

Theobald fiel aus allen Wolken. Entsetzt schaute er seine Mutter an, die ihm einen hasserfüllten Blick zuwarf. Er wusste nicht, was er sagen sollte. Sein Vater schien den Streit gehört zu haben und kam in die Küche.

„Was ist hier los?", fragte sein Vater.

„Du siehst doch, was hier los ist", sagte seine Frau und deutete auf den verdutzt blickenden Theobald.

„So, so. Sieh an, wer wieder da ist. Haben sie für dich keine Verwendung mehr gehabt", sagte sein Vater. Dabei verschränkte er seine Arme.

„Wie? Ähm. Nein. Sie haben mich entlassen", stotterte Theobald.

„Und dann dachtest du, dass du hier einfach aufkreuzen kannst", sagte sein Vater.

Theobald blickte seine Eltern verwirrt an. Er hatte sich seine Heimkehr ganz anders vorgestellt. Er brachte keinen Ton heraus.

„Es wäre besser, wenn du gehst", brummte sein Vater und ging zur Seite, „Für dich hat hier keiner Verwendung".

„Sieh zu, dass du in die Gosse gehst, wo du hingehörst, du Ratte", fügte seine Mutter hinzu.

Theobald wartete einen Moment, dann nahm er seine Sachen und ging aus dem Haus.

Er stand nun alleine vor der Tür. Die Sonne war nun so weit hinter den Bergen verschwunden, dass das Dorf im Dunkeln lag. Ihm fiel es schwer zu verstehen, was gerade geschehen war.

Er ging die Straße entlang, bis er eine Bank sah, auf die er sich setzte. Wo soll ich bloß hin, dachte er, während er versuchte, nicht die Fassung zu verlieren. Tausend Gedanken strömten ihm durch den Kopf, während er auf den Boden starrte. Was habe ich bloß falsch gemacht, fragte er sich immer und immer wieder. Dabei schluchzte er ein wenig. Auf einmal spürte er, wie jemand seine Schulter berührte. Aus seinen Gedanken gerissen blickte er auf, in das Gesicht einer alten Dame.

„Theobald? Bist das du?", fragte die Frau.

Theobald kannte sie. Es war die Frau des Dorfschmieds. Er nickte.

„Was machst du hier draußen?", fragte sie ihn.

Theobald sagte nichts. Mit aller Kraft versuchte er, nicht in Tränen auszubrechen, aber die Frau schien zu merken, dass er in tiefer Trauer war.

„Komm erst mal mit. Hier draußen erkältest du dich bloß", sagte die Frau.

Theobald schaute sie eine Weile an. Er wusste nicht recht, was er machen sollte. Ein Teil von ihm wollte zurück, nochmal mit seinen Eltern reden in der Hoffnung, sie würden ihm verzeihen. Doch tief im Inneren wusste er, dass es dafür zu spät war. Er stand auf und folgte der Frau des Schmieds.

Beide gingen sie zu ihrem Haus, in dem Theobald etwas Warmes zu essen bekam. Die warme Mahlzeit tat ihm gut und er erholte sich langsam von dem Schock. Im Haus traf er auch den Schmied selbst, der sehr über seinen Besuch überrascht war.

„Geht es dir langsam besser?", fragte die Frau des Schmieds. Theobald nickte.

„Was ist denn passiert?", fragte der Schmied.

Theobald erzählte dem Ehepaar, was passiert war.

„Du armer, armer Kerl", sagte die Frau des Schmieds.

„Unglaublich." Der Schmied verschränkte seine Arme. „Kaum sind die Leute wieder im Dorf, schon benehmen sie sich wie Tiere." Dabei schüttelte er den Kopf. „Mach dir keine Vorwürfe, Junge, die Leute haben schlicht den Verstand verloren."

Theobald sah die beiden fragend an. „Was ist hier bloß passiert? Warum dieser Hass?"

Das Ehepaar erzählte ihm von der Rückkehr der Dorfbewohner, die das Dorf während des Krieges verlassen hatten. Wie die Rückkehrer die daheimgebliebenen Dorfbewohner isolierten und ausgrenzten.

„Was ist mit eurem Sohn und eurer Tochter passiert?", fragte Theobald.

„Unsere Tochter ist mit den anderen jungen Menschen aus dem Dorf gezogen", sagte der Schmied, „Sie konnten es nicht ertragen, wie man hier im Dorf miteinander umging."

„Und euer Sohn?", fragte Theobald.

Der Schmied schaute auf den Tisch.

„Er ist letztes Jahr in der Schlacht bei Tunik gefallen", sagte seine Frau.

Theobald sagte nichts. Er kannte nur zu gut das Gefühl, jemanden zu verlieren, der einem nahestand.

„Bei allem, was euch hier widerfährt, warum seid ihr dann nicht mit eurer Tochter mit?", fragte Theobald.

„Wir sind schon alt. Woanders ein neues Leben anzufangen und aufzubauen, braucht viel Energie. Energie, die wir leider nicht mehr haben", antwortet die Frau des Schmieds. „Du bist sicherlich sehr müde. Du kannst die Nacht hier bei uns verbringen. Komm, ich zeig dir, wo du schlafen kannst."

Die Frau verließ die Küche und ging die Treppe in den ersten Stock hoch. Theobald folgte ihr.

Sie öffnete eine Tür. „Das ist bzw. war das Zimmer unseres Sohnes", sagte sie, „Wir haben leider kein anderes Bett im Haus."

Theobald trat ein.

„Es ist in Ordnung, wenn du dir seine Sachen anziehst. So musst du nicht ständig in der Uniform rumlaufen", sagte die Frau.

Theobald schwieg.

„Nun, dann wünsch' ich dir eine gute Nacht", sagte sie und machte die Tür hinter sich zu.

Theobald sah sich im Zimmer um. Dann ging er zum Kleiderschrank und holte ein paar Sachen zum Anziehen heraus. Er hatte ein komisches Gefühl dabei, die Kleidung eines alten Bekannten anzuziehen, der verstorben war. Aber andererseits konnte er nicht ewig in der verdreckten Uniform durch die Gegend laufen. Nachdem er sich angezogen hatte, legte er sich ins Bett. Es dauerte nicht lange, bis er einschlief.

Seit seiner Rückkehr waren drei Tage vergangen. Er wusste nicht, was er mit sich anfangen sollte. Eigentlich wollte er den Ort verlassen, doch ihm fehlte das nötige Geld dazu. Er fing an, in der Schmiede auszuhelfen.

Für einen Tag war Theobald alleine in der Schmiede. Der Schmied und seine Frau waren in die Stadt gegangen, um ihre Tochter zu besuchen. Sie würden erst am nächsten Tag wiederkommen. Den gesamten Tag über arbeitete er. Das machte ihn sehr hungrig und er ging in die Küche. Die Frau des Schmieds hatte für ihn eine Suppe dagelassen, doch diese war nicht genug, um seinen Hunger zu stillen. Er hätte selber etwas kochen können, doch dafür war er zu müde.

Ob ich ins Wirtshaus gehen soll?, dachte sich Theobald. Er wollte eher nicht mit den anderen Dorfbewohnern in Kontakt treten. Er wollte unbedingt eine Konfrontation mit ihnen vermeiden. Da knurrte sein Magen.

„Einmal kurz rein und schauen", sagte Theobald zu sich selbst, „Wenn ich schnell bin, merkt es vielleicht keiner."

Theobald packte seine Sachen zusammen und ging zum Wirtshaus.

Er betrat das Gebäude und schaute sich um. Das Wirtshaus war gefüllt mit Leuten. Die meisten von ihnen sahen aus wie Reisende.

„Perfekt", dachte sich Theobald und mischte sich in die Menge. „Zwischen den Fremden wird man mich nicht erkennen."

Er drückte sich durch die Menge in Richtung Tresen. Glücklicherweise wurde gerade ein Platz in einer Ecke frei, den er sich gleich schnappte. Die Schankwirtin kam zu ihm. Sie schien erst nicht zu bemerken, dass es Theobald war. Erst als sie vor ihm stand, erkannte sie ihn.

„Was willst du hier?", fragte sie mit einem bösen Blick.

„Etwas essen und trinken", antwortete Theobald.

„Deinesgleichen wird hier nicht bedient", schnaubte die Frau, „Wir wollen dich hier nicht haben."

Theobald holte seinen Geldbeutel hervor und legte ein paar Silbermünzen auf den Tresen. „Mich wollt ihr nicht, aber mein Geld nehmt ihr bestimmt", sagte er.

Die Schankwirtin zögerte, dann sagte sie: „Na gut. Aber nur eine Mahlzeit und was zu trinken, aber dann verschwindest du, verstanden?"

Sie ging los und verschwand in der Küche. Kurze Zeit später kam sie mit einem Teller und einem Krug zu ihm.

„Das macht zehn Silber", sagte sie und streckte die Hand aus. Theobald nahm ein paar Münzen in die Hand, um sie abzuzählen. Bevor er fertig zählen konnte, riss ihm die Frau die Münzen aus der Hand.

„Hey, das waren aber zwölf", sagte Theobald, doch die Schankwirtin verschwand in der Menschenmenge. Er schüttelte den Kopf und fing an zu essen.

Nachdem er den letzten Schluck genommen hatte, atmete er auf. Das Essen und das Bier waren genau das Richtige. Für einen Moment schien für ihn die Welt besser zu werden. Er fühlte sich erleichtert und glücklich. Mit diesem Gefühl der Freude stand er auf und ging zur Tür. Bevor er aber am Ausgang war, hörte er eine Stimme.

„Hey, du Verräter", tönte es durch den Raum.

Die Gespräche im Wirtshaus verstummten. Theobald blickte in die Richtung der Stimme. Ein paar Schritte weg von ihm sah er seinen Bruder Henry an einem der Tische sitzen.

„Was in Malachs Namen denkst du, was du hier verloren hast?", sagte sein Bruder in einem herablassenden Ton.

Theobald blickte sich um. Alle Blicke waren auf ihn gerichtet.

„Ich hab' nur was gegessen", sagte Theobald.

Sein Bruder und ein paar andere, die am selben Tisch saßen, standen auf, „So, so, du dachtest, du kannst hier einfach rein spazieren", sagte sein Bruder, „Falls du es nicht begriffen hast: Leute wie dich wollen wir hier nicht haben." Er ging auf Theobald zu.

„Hör mal. Ich suche keinen Ärger. Ich bin schon wieder weg", sagte Theobald und bewegte sich langsam in Richtung des Ausgangs. Dort aber versperrte ihm einer der Gäste den Weg.

Sein Bruder stand nun vor ihm. „Das muss ich dir lassen. Du hast ganz schön Mumm, hier aufzukreuzen", sagte er. Er stieß Theobald. Dieser taumelte nach hinten an einen Tisch.

„Du weißt nicht, was du da tust", sagte Theobald und raffte sich auf.

„Oh doch, das weiß ich", entgegnete Henry, „All die Jahre, die ich unterwegs gewesen bin, hatte ich nur einen Wunsch. Dich dafür bezahlen zu lassen, dass du unsere Familie verraten hast." Er krempelte seine Ärmel hoch.

Theobald blickte sich um. Keiner der Gäste schien etwas unternehmen zu wollen. Er wusste, auf was es hinausgehen würde.

Sein Bruder stürmte auf ihn zu. Theobald wich ihm aus. Henry nahm einen Krug und schwang nach Theobald. Doch auch diesen Schlägen wich er aus.

„Komm schon, Feigling, kämpf!", schrie sein Bruder und schwang ein weiteres Mal nach Theobald.

Diesmal blockte er den Angriff und schlug seinem Bruder den Krug aus der Hand. Er versetzte ihm einen kräftigen Schlag ins Gesicht, sodass er zu Boden ging. Henry wischte sich das Blut unter der Nase weg und stürmte auf Theobald zu. Dieser wollte ausweichen, doch jemand schubste ihn von hinten. Das ermöglichte es Henry, Theobald am Kragen zu packen. Sein Bruder gab ihm einen Kopfstoß. Theobald ging zu Boden. Bevor er wieder aufstehen konnte, stürzte sich Henry auf ihn. Beide rollten auf dem Boden und teilten gegenseitig Schläge aus, während die Menge um sie herum grölte und jubelte.

„Komm, zeig's diesem kaiserlichen Bastard!", feuerten die Menschen Theobalds Bruder an.

Plötzlich ging die Tür des Wirtshauses auf und eine kleine Gruppe Soldaten in weißer Uniform stürmte herein. Sie drückten die Menschenmenge weg und zerrten die zwei Kämpfenden auseinander, die sich mit allen Mitteln dagegen wehrten. Ein Mann in Offiziersuniform stellte sich zwischen die beiden und schrie nach Ruhe. Die Menge wurde leiser.

„Ich suche einen gewissen Theobald Wolf", sagte der Offizier.

Die Menge deutet auf Theobald, der versuchte, sich aus dem Griff des Soldaten zu befreien.

Der Offizier blickte in dessen verschwitztes Gesicht. „Sie kommen mit uns", sagte er und machte eine Handbewegung.

Die Soldaten ließen seinen Bruder los und zerrten Theobald aus dem Wirtshaus hinaus auf den Dorfplatz, wo eine Kutsche stand.

„Hey, was soll das? Lasst mich los!", brüllte Theobald, während er herumzappelte, „Ich hab' nichts getan."

Die Soldaten öffneten die Tür der Kutsche und zerrten ihn rein.

„Ich habe den Befehl erhalten, Sie ausfindig zu machen und in die Hauptstadt zu bringen", sagte der Offizier.

„Wozu?", fragte Theobald.

Der Offizier sagte nichts. Stattdessen klopfte er an die Wand der Kutsche, worauf hin sich das Gespann in Bewegung setzte.

Kapitel 2

Das Angebot

Zwei Wachleute eskortierten Theobald einen langen Gang entlang. An dessen Wänden erkannte er die Porträts vorheriger Monarchen und wichtiger Staatsdiener. Er folgte dem Offizier den roten Teppich entlang, bis sie an einer großen Doppeltür ankamen, an der ein Mann in roter Kleidung stand.

„Herr Wolf wäre jetzt hier", sagte der Offizier.

Der Mann nickte und verschwand hinter der Tür. Es dauerte nicht lange, da kam er zurück.

„Man empfängt Sie jetzt, Herr Wolf", sagte er.

Der Mann sowie auch die Wachleute verließen Theobald. Dieser trat durch die große Tür.

Theobald staunte. Es war eine Weile her, dass er das letzte Mal im Thronsaal des Kaiserpalastes war. Fasziniert schaute er auf die Wand aus Spiegeln, die den Raum größer wirken ließ. Die goldenen Verzierungen sowie der große Kronleuchter in der Mitte des Saales zeigten den Prunk, der so ausschlaggebend für den Palast war. Sein Blick richtete sich auf den Thron am Ende des Raumes, der auf einer kleinen Anhöhe stand. Die Sitze aus Purpur sowie die Banner der Kaiserfamilie, die von der Decke hingen, zollten dem Thron und seinem Besitzer Respekt und unterstrichen die Macht, die er im Lande hatte.

„Beeindruckend, nicht wahr?", sagte eine Stimme.

Aus seinen Gedanken gerissen blickte Theobald in Richtung der großen, gebogenen Fenster. Dort sah er einen Mann in Uniform. Er saß an einem kleinen Tisch, der mit Gebäck und Teegeschirr gedeckt war.

„Sie sind also Herr Wolf. Bitte kommen Sie doch näher." Die Stimme des Mannes hallte durch den Saal.

„Ich schätze mal, die Verhaftung hab* ich Ihnen zu verdanken", brummte Theobald, als er sich dem Mann näherte.

„Ich habe keine Ahnung, von was Sie da reden, Herr Wolf", entgegnete der Mann.

„Ihre Wachleute. Ihre Schergen, wie sie mich aus dem Wirtshaus gerissen haben, als ob ich ein Krimineller wäre." Theobald wurde lauter. „Die werden Sie wohl mir geschickt haben."

Der Mann nahm einen Schluck aus seiner Tasse. „Ich glaube, Sie verstehen die Situation nicht ganz."

„Ich denke schon", entgegnete Theobald, „Ich habe meine Strafe abgesessen."

Der Mann stellte seine Tasse ab. „Sehen Sie sich mal um, Herr Wolf. Was sehen Sie?", sagte er in einem ruhigen Ton.

Theobald schaute in den Saal.

„Wissen Sie, was ich sehe?", fuhr der Mann fort, „Ich sehe einen Mann ohne Handschellen im Thronsaal des Kaiserpalastes. Ohne Wachen, kein Richter in Sicht. Finden Sie, dass man so einen Verbrecher behandelt?" Er lehnte sich in den Stuhl zurück.

Theobald blickte zu ihm. „Wenn ich für Sie kein Verbrecher bin, für was dann die bewaffnete Eskorte?", fragte er den Mann, „Sie hätten mir auch eine Einladung schicken können, wenn Sie mich sehen wollten."

Der Mann lachte ein wenig. „Und Sie wären auch gekommen?"

Theobald rümpfte die Nase. „Ich hätte es in Betracht gezogen."

Der Mann schüttelte ein wenig den Kopf. „Sie haben sich gerade Ihre Antwort selbst gegeben."

Beide schwiegen für einen Moment.

„Bitte, nehmen Sie doch Platz", sagte der Mann und bot Theobald mit einer Geste den leeren Stuhl am Tisch an, „Sie finden es bestimmt angenehmer."

„Danke, aber ich stehe lieber", sagte Theobald.

„Wie Sie wollen, Herr Wolf", entgegnete der Mann, „Nun, Sie werden sich sicher fragen, warum Sie hier sind, nicht wahr?"

Theobald sagte nichts.

„Der Grund, warum ich Sie herbringen habe lassen, ist der, dass ich Ihre Dienste benötige", sagte der Mann.

„Ich glaube nicht, dass ich was hätte oder könnte, was Ihnen helfen würde", sagte Theobald.

„Woher wollen Sie das wissen? Wir kennen uns ja kaum. Sie wissen nicht einmal, wer ich bin, geschweige, wie ich heiße", sagte der Mann und schmunzelte.

„Wer Sie sind? Das weiß ich genau. Hieronymus Fuchs, oder auch der Fuchs genannt, der Meisterspion der Kaiserin", sagte Theobald.

„Nicht schlecht, Herr Wolf. So etwas wissen nicht viele." Hieronymus machte eine kurze Pause. „Dann können Sie sich sicher denken, warum Sie hier sind."

Theobald schwieg.

„Solches Wissen können nur jene haben, die sich jahrelang mit geheimen Institutionen beschäftigt haben. Menschen, die beispielsweise den Roten Adlern gedient haben", sagte Hieronymus.

„Und? Es gab einige, die dort gedient haben. Das macht mich nicht besonders", entgegnete Theobald.

Hieronymus verschränkte die Arme. „Sie per se nicht, aber das, an was Sie gearbeitet haben."

Theobald schaute auf den Boden.

„Operation ‚Weißes Tor'. Erinnern Sie sich?" Der Fuchs lehnte sich in seinem Stuhl vor. „Der Auftrag, an dem Sie gearbeitet haben".

„Ich habe keine Ahnung, von was Sie da reden", entgegnete Theobald.

„Natürlich haben Sie keine Ahnung. Es ist ja nicht so, als ob es hier in Ihrer Akte stehen würde." Hieronymus zog eine Akte hervor, die er auf den Tisch legte.

Theobald starrte ihn entsetzt an.

„Sie dachten wohl, dass sämtlich Akten im großen Brand des Militärministeriums zerstört wurden. Nun, diese ist eine der wenigen, die überlebt haben", sagte Hieronymus.

Theobald wurde lauter. „Was in Malachs Namen wollen Sie von mir?"

„Ich will, dass Sie mir helfen", entgegnete Hieronymus, „Ich will, dass Sie genau da weitermachen, wo Sie aufgehört haben."

„Sie wollen also, dass ich für Sie die Schlüsselsteine suchen gehe", sagte Theobald und lachte, „Ich hätte mir nie gedacht, dass der Fuchs jemand anheuern will, um einer alten Legende nachzujagen".

„So albern sie die Sache auch finden, die Ergebnisse der Operation sprechen Bände. Ganz zu schweigen von all den noch ungeklärten Anomalien, die sich während der Operation ereignet haben", entgegnete der Fuchs.

Theobald kicherte leise vor sich hin.

„Sie können all dies gern als Humbug und abergläubisch bezeichnen, aber ich halte mich an die Fakten, die ich habe", Hieronymus wurde ernster, „und es ist eine Tatsache, dass die Feinde des Landes und der Kaiserin die meisten Steine besitzen und alles darauf geben, die Prophezeiung zu erfüllen".

„Und Sie glauben daran?", fragte Theobald.

„Es ist eine ernstzunehmende Gefahr. Und Sie wissen das besser als ich", sagte Hieronymus.

Theobald kichert immer noch. „Was auch immer Sie meinen. Ich sage Ihnen bloß eins: dass ich Ihnen nicht helfen werde, egal was Sie mir bieten."

„Das ist richtig", Hieronymus lehnte sich zurück in seinen Stuhl, „Sie sind kein einfacher Söldner, also werden Sie kein Gold nehmen. Sie sind zwar Soldat, aber Stand und Ruhm sind Ihnen egal. Und wenn ich Ihnen mit dem Tod drohe, werden Sie dies wohl mit offenen Armen akzeptieren."

Theobald nickte.

„Aber ich kann Ihnen was geben, was Ihnen niemand sonst im Reich geben kann", sagte Hieronymus.

„Und das wäre?", fragte Theobald.

Hieronymus nahm ein kleines Glöckchen vom Tisch und läutete es. Ein Diener trat ein.

„Bitte bringen Sie mir die vorgefertigten Sachen", sagte er zum Diener, welcher sogleich verschwand. Kurze Zeit später trat der Diener mit einem Säbel und einem Brief zurück.

„Ich kann ihnen das geben, was Sie sich am sehnlichsten wünschen, Herr Wolf." Hieronymus reichte ihm den Säbel. „Bevor Sie das aber erhalten, müssen Sie mir die Schlüsselsteine bringen."

Theobald schaute auf den Säbel. Er erkannte, dass es seiner war. „Woher haben sie den?"

„Wir haben ihn in dem Haus, in dem sie untergebracht waren, sichergestellt", antwortete Hieronymus.

Theobald schaute den Meisterspion an. „Warum wollen Sie, dass gerade ich diese Aufgabe übernehme? Wenn Sie die Akte haben, wissen Sie, dass es Weitere gab, die an der Operation beteiligt waren."

„Das ist richtig, aber", der Meisterspion machte eine kurze Pause, „Sie waren der Einzige, den wir so kurzfristig ausfindig machen konnten."

Theobald sagte nichts.

„Und? Was sagen Sie?", fragte Hieronymus und streckte ihm den Säbel entgegen.

„Das hört sich nach einem schlechten Angebot an. Warum sollte ich das annehmen?", fragte Theobald.

Hieronymus stand auf. „Eine Versicherung kann ich Ihnen leider nicht geben, also werden Sie mir diesbezüglich vertrauen müssen. Aber ich kann Ihnen garantieren, dass es sich für Sie lohnen wird."

Theobald schaute ihn skeptisch an.

„Nun, wie dem auch sei. Ich muss mich noch um andere Angelegenheiten kümmern. Im Kuvert finden Sie eine Reservierung für eines der Wirtshäuser der Stadt. Übernachtung und Essen sind bereits bezahlt." Mit einer Handbewegung holte er den Diener zu sich. „Morgen Vormittag wird einer meiner Leute Sie abholen und Sie Ihrer neuen Einheit zuteilen." Hieronymus ging zur Tür.

„Moment. Halt! So geht das nicht. Sie können mir nicht sagen, dass ich mitmache, und mir dafür etwas versprechen, von dem Sie denken, dass ich es will", entgegnete Theobald.

„Man wird Ihnen alles morgen erklären", sagte der Meisterspion und verließ den Saal.

Theobald wollte etwas sagen, da wurde er vom Diener unterbrochen.

„Wenn Sie bitte mit mir mitkommen würden", sagte der Diener.

Beide gingen durch den Palast, bis sie draußen vor der Pforte standen.

„Ich wünsche Ihnen noch einen angenehmen Tag", sagte der Diener und verabschiedete sich.

„Hey!", rief Theobald und wollte ihm hinterhergehen, doch die Palastwache an der Pforte hielt ihn auf.

Genervt schaute er dem Diener hinterher, wie er verschwand. Er schnaubte, dann machte er seinen Säbel am Gürtel fest und öffnete den Brief. Er las sich die Adresse durch und machte sich dann auf den Weg in die Stadt.

Kapitel 3

Neue Bekannte

Die Adresse, die der Meisterspion Theobald gegeben hatte, lag im Handwerkerviertel der Stadt. Es war später Nachmittag, als er den Palast verließ und sich auf dem Weg machte. Er ging die Allee entlang, die vom Palast in die Stadt führte. Die gesamte Zeit über dachte er über das Angebot nach. Nach einer Weile fand er eine Bank, auf die er sich setzte. Theobald seufzte. Das war nicht das, was er sich vom Kriegsende erhofft hatte. Als Soldat hatte er ständig nur an seine Familie, seine Freunde und seine Heimat gedacht. Jeden Abend war er mit dem Wunsch ins Bett gegangen, sie wiedersehen zu dürfen. Ein Wunsch, gar ein Traum, der ihn über den gesamten Krieg begleitete. Kurz vor einem Kampf gab ihm dieser Traum den Mut und die Zuversicht, um für eine bessere Zukunft zu kämpfen. Während um ihn herum die Artilleriegranaten einschlugen und er im Bunker kauerte, gab ihm der Traum Hoffnung, dass er unversehrt mit seinen Liebsten zusammenkommen würde. Und in jeder Nacht, die er in einem kalten Zelt verbrachte, schenkte ihm dieser Traum die nötige Wärme. Doch der Traum, der ihn über die Jahre hinweg am Leben gehalten hatte, war zerbrochen. Aus seiner Tasche kramte er eine Taschenuhr hervor. Ein Familienerbstück, das ihm sein Großvater schenkte, als er seinen Dienst antrat. Mit dem Daumen fuhr er über das Glas der Uhr. In dessen Spiegel sah Theobald in sein trauriges, abgekämpftes Gesicht. Was war er denn? Ein gebrochener Mann, der nichts hatte. All das, für was er je gekämpft hatte, lag vor ihm in Trümmern. Seine Familie sowie seine alten Freunde hassten ihn. Und die anderen Menschen, die ihm etwas bedeuteten, lagen verstreut auf den Schlachtfeldern des Landes.

Was habe ich bloß getan, um das zu verdienen, dachte Theobald, während er gebannt auf den Sekundenzeiger starrte, als ob ihm die Zeit eine Antwort geben könnte. Wie konnte aus diesem schönen Traum bloß ein Albtraum werden? Er wollte nicht viel vom Leben. Er wollte nur dort wieder anfangen, wo sein altes Leben aufgehört hatte. Den Krieg einfach hinter sich lassen. Doch anstatt dem schönen Familienglück sollte er wieder nach den Steinen suchen. Wieder durch das Land ziehen und sich den Gefahren stellen, die ihn einige Male fast das Leben gekostet hätten. Theobald biss die Zähne zusammen. Er hatte lang genug für den kaiserlichen Hof gearbeitet, um zu wissen, wie wenig sich die Obrigkeiten um die Menschen kümmerten, die unter ihnen waren. Egal ob es der Anführer der roten Adler oder der Meisterspion war, für ihn waren sie alle gleich. In Ihren Handlungen wie in ihren Bestrebungen.

„Für das Wohl des Landes, pah", sagte Theobald zu sich selbst, „Der Meisterspion will doch auch nur seine Position stärken. Das wollen sie doch alle."

Theobald wollte am liebsten die Bank in Stücke hauen. Stattdessen vergrub er sein Gesicht in seinen Händen und atmete tief ein und aus. Dann stand er auf und machte sich auf den Weg in die Stadt.

Am nächsten Morgen saß er im Wirtshaus, das man für ihn als Unterkunft ausgewählt hatte, und trank seinen Tee. Die Bleibe war nicht besonders luxuriös, was Theobald nicht überraschte. Die gesamte Zeit über hatte er die Tür im Blick. Er hielt die Augen offen nach Personen, die so aussahen, als ob sie aus dem Kaiserpalast kämen. Theobald fiel es schwer, die richtige Person ausfindig zu machen, da die meisten Gäste edle Gewänder trugen. Es dauerte jedoch nicht lange, da fiel ihm eine Person auf, die das Wirtshaus betrat. Es war ein Mann, der eine Kutte trug, an der ein Schwert befestigt war. Er hatte einen Schnauz- sowie einen Kinnbart. Theobald beobachtete ihn genau.

Der Blick des Mannes streifte durch die Menschenmenge. Er suchte nach jemandem, schien aber keinen Erfolg damit zu haben. Er ging zum Tresen und unterhielt sich dort mit dem Wirt. Dieser blickte in Theobalds Richtung und deutete auf ihn.

Theobald erschrak. Der Mann in der Kutte musste der Bote sein.

Der Mann bedankte sich bei dem Wirt und ging zu Theobald.

Verdammt, dachte sich dieser und wägte seine Optionen ab, um aus der Situation zu kommen. Bevor er jedoch etwas tun konnte, stand der Mann schon vor ihm.

„Theobald Wolf? Seid Ihr das?", fragte der Mann.

„Wer will das wissen?", fragte Theobald.

„Ich bin Bruder Elias." Der Mann setzte sich auf den freien Platz neben Theobald. „Unser gemeinsamer Freund schickt mich."

„Ihr meint den Fuchs?", sagte Theobald etwas laut und blickte um sich. Es schien aber keinen der anderen Gäste zu interessieren.

Der Mann in der Kutte lachte. „Ja, genau der. Wie ich sehe, erwartet Ihr mich schon."

Theobald sagte nichts.

Er hörte den Schlag der Uhr, wie sie halb schlug.

„So spät schon", sagte Elias, „Ich möchte Euch nicht drängen, aber der Rest der Gruppe wartet bereits."

Theobald stellt seine Tasse ab. „Ist mir egal."

„Bitte?", entgegnete der Mann.

„Es ist mir egal, wen der Fuchs schickt. Ich mache nicht mit." Theobald wurde ernst. „Ihr könnt ihm gerne ausrichten, dass er sich seine Belohnung sonst wo hinschieben kann. Ich werd' mich nicht mehr auf die Suche nach den Steinen begeben."

Der Mann sagte nichts.

Theobald stand auf. „Ihr könnt ihm aber sagen, dass ich mich sehr fürs Essen und das Zimmer bedanke." Er machte sich auf den Weg zum Ausgang.

Der Mann sprang auf, „Wenn das so ist, Theobald Wolf, ich fordere Euch zum Duell heraus", rief er durch die Stube.

Die anderen Gäste verstummten und schauten zu Theobald.

Dieser drehte sich langsam zu Elias. „Was? Ein Duell?"

Elias nickte.

Theobald schüttelte den Kopf, „So ein Schwachsinn. Wozu denn?"

Elias ging im lockeren Gang auf Theobald zu. „Man hat mich dazu beauftragt, Euch zu Eurer neuen Einheit zu bringen. Koste es, was es wolle."

„Blödsinn", sagte Theobald, „Ihr übertreibt maßlos. Nur weil ich mich nicht Eurem Himmelfahrtskommando anschließen will, müsst Ihr mich nicht gleich zum Duell herausfordern."

„Habt Ihr etwa Angst?", Elias verschränkte seine Arme.

Theobald schaute ihn nachdenklich an, „Ich glaube, Ihr versteht nicht ganz, was es mit Duellen auf sich hat. Duelle gehen bis zum Tod. Wenn Ihr gewinnt und mich tötet, hat der Fuchs nichts davon. Ist Euch das schon mal in den Sinn gekommen?", sagte Theobald.

Elias zuckte mit den Schultern. „Ich sehe nicht Euer Problem. Wenn Ihr gewinnt, könnt Ihr gehen und niemand wird Euch behelligen. Und wenn Ihr verliert, nun, ich glaub, das muss ich Euch nicht näher erklären."

„Und Ihr? Was wird aus Euch, wenn ihr gewinnt?", fragte Theobald.

„Ihr braucht Euch über mich keine Gedanken zu machen", sagte Elias, „Und, was sagt Ihr?"

Theobald schnaubte, „Wenn Ihr so darauf besteht."

Beide verließen sie das Gebäude und gingen auf den Platz vor dem Wirtshaus. Der Boden unter Theobalds Füßen war nicht wie die Straßen der Stadt gepflastert, sondern bestand aus einfachem Dreck. Links und rechts von ihm standen Tränken für die Pferde. Die beiden Duellanten wurden von einigen Gästen begleitet, die den Kampf nicht verpassen wollten. Auch einige Menschen, die auf der Straße gingen, schlossen sich der neugierigen Gruppe an. Theobald und Elias stellten sich einander gegenüber auf.

„Ihr seid Euch Eurer Sache wirklich sicher?", Theobald zog seinen Säbel.

„Weniger quasseln, mehr kämpfen", sagte Elias und zog sein Schwert aus der Scheide.

Beide umkreisen sich eine Weile. Keiner wollte den ersten Schlag ausführen. Theobald beobachtete genau die Bewegungen des Mönches. Zu seiner Überraschung bewegte sich dieser sehr gekonnt. Theobald machte den ersten Schlag. Er schwang von oben in Richtung Elias, der den Angriff gekonnt parierte. Dann schlug Elias zu. Theobald blockte. Theobald versuchte aus verschiedenen Winkeln, einen Treffer zu landen. Er schlug von oben und unten zu, versuchte es sogar, durch die Verteidigung seines Gegners zu stechen. Doch Elias wehrte all seine Schläge ab und ging in den meisten Fällen gleich anschließend zum Gegenschlag über. Theobald wurde nervös. Nichts, was er machte, funktionierte. Er schlug erneut nach Elias. Diesmal kam der Schlag von unten. Seine und Elias Klinge trafen sich. Zu Theobalds Erstaunen schaffte es Elias, dass sich seine und Elias' Waffe verhakten. Elias drehte galant sein Schwert und schaffte es gekonnt, Theobald zu entwaffnen. Noch bevor Theobald reagieren konnte, schlug Elias mit dem Knauf seines Schwertes gegen seine Brust. Theobald taumelte nach hinten. Mit den Fersen stieß er gegen eine der Tränken, verlor das Gleichgewicht und fiel rein.

Er lag nun in der Tränke. Er hörte das Gelächter der Menschen, die ihren Spaß an der Sache hatten. Theobald blickte auf. Er sah seinen Säbel vor Elias liegen, der sich vor Lachen den Bauch hielt. Nachdem er sich beruhigt hatte, hob er den Säbel auf und ging zu Theobald.

„Alle Achtung", sagte er kichernd, „Ihr habt wahrlich das Zeug zum Narren."

„Was soll das?", schimpfte Theobald, „Wollt Ihr die Sache nicht zu Ende bringen?"

„Sie ist schon vorbei", Elias grinste.

„Falls Ihr das noch nicht verstanden habt, Duelle gehen bis zum -"

Elias unterbrach ihn.

„Ich muss euch nicht töten. Ich hab' nur das hier gebraucht", Elias zeigte Theobald seinen Säbel.

Theobald schaute ihn nervös an. „Was soll das heißen? Ich weiß nicht, wovon Ihr da redet."

„Euer Kodex." Elias setzte ein selbstsicheres Grinsen auf. „Es ist doch so, dass ein Mitglied des Roten Adlers dem Sieger die Treue schwört, wenn es im Zweikampf besiegt, aber nicht getötet wird."

Theobald schwieg.

„Da Ihr noch am Leben seid, schätze ich mal, dass Euch nichts anders übrigbleibt, als mit mir zu kommen." Elias reichte Theobald seine Hand.

Theobald schlug die Hand aus. „Kodexe sind für jene, die nichts im Leben haben."

„Ach, ist dem so?" Elias nahm den Säbel. „Dann werdet Ihr nichts dagegen haben, wenn ich ihn zerbreche."

Theobald schaute ihn mit großen Augen an.

„Ich dachte zwar, dass es eine große Schande für einen Soldaten des Roten Adlers ist, wenn sein Säbel zerstört wird. Aber wenn euch das egal ist..." Elias nahm dem Säbel am Griff und der Klinge. Mit einer schnellen Bewegung sauste der Säbel in Richtung Elias Schenkel.

„Halt!", schrie Theobald.

Elias stoppte.

„Ich gebe auf. Ihr habt gewonnen", sagte Theobald.

„Dachte ich es mir doch." Elias reichte Theobald die Hand und zog ihn aus der Tränke. „Nun, dann machen wir uns mal auf den Weg. Die anderen warten schon auf uns."

Er gab Theobald seinen Säbel, der ihn genervt annahm.

Die beiden gingen die Hauptstraße entlang in Richtung Stadttor. Dort wartete der Rest der Gruppe. Genervt und frustriert schaute Theobald die ganze Zeit auf den Boden. Er konnte es nicht fassen, auf einen solch billigen Trick hereingefallen zu sein.

Da klopfte ihm Elias auf die noch nasse Schulter. „Hey, Kopf hoch. Du musst das mal von einer positiveren Seite sehen. Wenn wir den Auftrag abschließen, hast du deine Ruhe von uns."

Theobald blickte in Elias lächelndes Gesicht. „Wenn Ihr bloß wüsstet."

Der Mönch lachte. „Wir müssen nicht so förmlich sein. Nenn mich einfach Elias."

Nach einer Weile kamen die beiden am Stadttor an. Theobalds Sachen waren bereits wieder trocken. Beide schauten sich um. Am Tor standen einige Karren und Menschen. Einige von ihnen wurden von den Wachen am Tor kontrolliert. Theobald wusste nicht genau, nach wem sie suchten. Da tippte ihn Elias an und deutet auf eine kleine Gruppe von Menschen, die an einer Kutsche an der Mauer standen. Elias ging zu ihnen, dicht gefolgt von Theobald.

„Da seid ihr ja endlich. Was hat so lang gedauert?", sagte ein Mann, der eine Uniform trug.

„Tut mir leid, wir hatten einige Schwierigkeiten", sagte Elias.

Eine Frau klinkte sich in das Gespräch ein. „Hat unser Freund hier etwa nicht gefolgt?"

Ein großer, bärtiger Mann kam hinzu. „Überrascht mich nicht. So wie er aussieht, wollte er sich sicherlich vor der Aufgabe drücken."

„Was für eine nette Begrüßung", sagte Theobald sarkastisch.

„Netter wird's nicht", sagte der bärtige Mann.

Theobald wandte sich dem Mann zu. „Ich wusste gar nicht, dass der Meisterspion billige Söldner für die Mission angeheuert hat."

„Pass auf, was du sagst, du kleiner Wicht, oder ich reiß dir deine Zunge raus." Der Mann ging auf Theobald zu.

„Es reicht", schrie der Mann mit der Uniform, „ihr könnt euch später streiten. Wir mussten eh lange genug warten. Es wird Zeit, dass wir aufbrechen."

Der bärtige Mann schnaubte und ging an Theobald vorbei und rammte ihn mit seiner Schulter.

„Alva, Lilly. Ihr steigt mit mir in die Kutsche. Elias du machst den Kutscher", delegierte der Mann.

„Wo soll ich hin?", fragte Theobald.

„Du sitzt neben Elias. Ich will nicht, dass du die Kutsche vollstinkst", sagte der Mann.

Theobald roch an seinen Sachen. Er roch sehr stark nach Pferd.

„Vom Geruch her passt er gut dazu", sagte Lilly, als sie in die Kutsche einstieg.

Theobald schnaubte. Er setzt sich neben Elias auf die Kutsche, die sich sogleich in Bewegung setzte.

„Nette Einheit, der ich da zugeteilt wurde", sagte Theobald.

Elias lenkte den Wagen. „Nimm's ihnen nicht übel. Sie sind nicht wirklich nett zu Leuten, die für den Kaiser gekämpft haben. Vor allen nicht zu jenen, die bei den Roten Adlern waren."

„Wieso das?", fragte Theobald.

„Sie werden es dir schon selber sagen, denke ich", antwortete Elias.

„Wäre schön gewesen, wenn sie mir zumindest gesagt hätten, wer sie sind und wie sie heißen", Theobald schaute in die Landschaft.

„Es wird sich alles aufklären, wenn wir an unserem Ziel angekommen sind", sagte Elias.

„Und wo ist das?" Theobald schaute zu Elias.

„Wir fahren zu einem Gasthaus an einer Kreuzung. Dort werden wir alles genau besprechen", sagte Elias mit dem Blick auf die Straße gerichtet.

„Kann's kaum erwarten", flüsterte Theobald und schaute in die Landschaft.

Kapitel 4

Eine neue Reise

Es dauerte eine Weile, bis die Kutsche die Vororte der Stadt hinter sich gelassen hatten. Theobald wollte sich ein wenig ausruhen, doch das unebene Pflaster der Hauptstraße ließ die Kutsche zu stark hin und her wanken.

„Wie lange fahren wir eigentlich?", fragte er Elias.

„Es wird eine Weile dauern. Aber wir sollten vor Sonnenuntergang dort ankommen", antwortete dieser.

Nach und nach wurden die Dörfer, durch die sie fuhren, kleiner, während die Abstände zwischen ihnen größer wurden. Als das Pflaster mit der Zeit verschwand und sie auf einem schönen, ebenen Weg entlangfuhren, nickte Theobald ein. Er erwachte ein klein wenig später. Das Gefährt fuhr an einem großen Feld vorbei. Er tastete seine Schulter ab. Er spürte die Verspannung in seinem Rücken, die durch den harten Sitz verursacht wurde. Er blickte zu Elias rüber, der sehr entspannt dasaß und die Zügel hielt.

„Ich muss schon sagen, ich bin echt beeindruckt", sagte er zum ihm.

„Eine Kutsche zu steuern, ist nicht unbedingt schwer", antwortet Elias.

Theobald lachte. „Nein, das meine ich nicht", antwortete er, „Ich rede von deinen Schwertkünsten. So einen Säbel entwaffnet man nicht so einfach. Vor allem nicht mit einem Schwert."

Elias lächelte. „Man lernt so das ein oder andere über die Zeit", sagte er.

„Von welchem Orden bist du?", fragte Theobald, „Ich habe noch nie einen Mönch gesehen, der so gut kämpfen kann."

„Ich? Ich bin ein Mönch des heiligen Aclips", antwortete dieser.

„Was?!", entgegnete Theobald überrascht, „Nie im Leben bist du ein Mönch von Aclips. Ihr lernt, Menschen zu heilen, aber nicht, gegen sie zu kämpfen."

„In den Klöstern lernt man das auch nicht. Alles, was ich kann, hab' ich auf meinen Reisen gelernt", sagte Elias, „Wenn man von Ort zu Ort, von Lager zu Lager zieht, muss man schon wissen, wie man sich verteidigt."

„Dann warst du während des Krieges also ein Wandermönch", sagte Theobald, „Ich habe gehört, dass ihr es nicht immer leicht in den Lagern hattet."

Elias nickte.

Theobald sah ihn fragend an. „Warum eigentlich?", fragte er, „Ihr habt doch die Feldärzte unterstützt. Leben gerettet."

Der Mönch seufzte. „Ja, wir haben uns um die Verletzten gekümmert. Um Soldaten und ... und auch um die Gefangenen", sagte er.

„Verstehe", sagte sein Beifahrer, „Die Soldaten des Kaisers waren nicht unbedingt für ihre Nächstenliebe bekannt."

„Es waren nicht nur die Soldaten des Kaisers, mit denen wir Probleme hatten", sagte Elias, „Auch in den Lagern der Kaiserin ließ man uns nicht zu den Gefangen und bedrohte uns sogar, wenn wir ihnen helfen wollten."

„Wirklich? Dachte immer, die Soldaten der Kaiserin würden Gefangenen besser behandeln", sagte Theobald.

„Viele dachten, dass die Armeen der Kaiserin die bessere Seite in dem Bürgerkrieg waren. Doch die Wahrheit ist, dass es keine Guten im Krieg gibt. Die Geschichte wird immer vom Sieger geschrieben. Ich habe oft in den Lagern gesehen wie Gefangene deswegen erniedrigt und gepeinigt wurden. Doch jeder Mensch hat, egal, für wen oder was er kämpft, Heilung und Vergebung verdient."

Von Menschen erniedrigt zu werden, das war für Theobald kein fremdes Gefühl. Vor allem nicht seit den letzten Tagen.

Die restliche Zeit dachte Theobald über seine Worte nach. Eine zweite Chance bekommen, dachte er. Ist es das, was das hier ist, fragte er sich, während die Kutsche durch das Flachland des zentralen Kaiserreichs fuhr.

Es war später Abend, als die Kutsche ihr Ziel erreichte. Der Gasthof lag auf einer Lichtung in einem der großen Wälder, die so typisch für die Gegend war. Von dieser gingen einige Straßen in verschiedene Richtungen. Theobald stieg von der Kutsche und streckte sich. Auch die anderen Mitfahrer verließen die Kutsche.

„Ich hoffe, dein Begleiter hat nicht allzu große Schwierigkeiten gemacht", sagte Lily.

„Er war so zahm wie eine Hauskatze", sagte Elias.

„Das hoffe ich für ihn", brummte Alva.

Theobald schnaubte.

„Mach dir keine Sorgen, Alva", sagte Richard, „Der wird sich benehmen."

„Wenn du das sagst, Chef", sagte Alva.

„Was machen wir nun?", fragte Theobald und gähnte.

„Fürs Erste ruht sich jeder ein wenig aus, danach treffen wir uns in der Gaststube und bereden unser weiteres Vorgehen", sagte Richard, „Die Schlüssel für eure Zimmer könnt ihr euch im Gasthof holen. Theobald, Elias, ihr teilt euch ein Zimmer."

Elias hob seinen Daumen.

Richard wandte sich an Theobald: „Übrigens: Man hat für dich einige Kleidungsstücke hergerichtet, sodass du auch was zum Anziehen hast."

Die Gruppe nahm ihre Sachen aus der Kutsche. Theobald nahm die Tasche, die man für ihn hergerichtet hatte, und folgte Elias. Dieser hatte bereits den Schlüssel für das Zimmer geholt. Das Zimmer, das sie hatten, war angenehm eingerichtet. Neben zwei Betten und einem Schrank hatte es auch ein eigenes Bad. Nachdem Theobald ein warmes Bad genommen und sich angezogen hatte, machten sich er und Elias auf den Weg in die Wirtsstube. Er fühlte sich ein wenig besser, jetzt da er nicht mehr in den alten Sachen seines Bekannten herumlaufen musste. Für einen Moment schien nicht alles ganz so schlimm zu sein.

In der Gaststube trafen sie sich mit der anderen. Diese hatten bereits einen Tisch in Beschlag genommen. Es standen schon einige Krüge auf dem Tisch. Eine der Bedienungen brachte eine Platte mit Essen.

„Gut, Theobald, es wird Zeit, dass wir uns dir vorstellen", sagte Richard, „Ich bin Richard. Ich bin der Leiter der Gruppe und dieser Mission." Er deutete auf die Frau, die ihm gegenübersaß. „Das ist Lilly. Sie gehört zum Ritterorden des Edelweißes. Der Mann, der neben ihr sitzt, ist Alva vom Clan Grumar, und Elias kennst du ja bereits. Schätze ich mal."

„Für was brauchen wir ihn gleich nochmal?", fragte Lilly.

„Dazu wollte ich gerade kommen", entgegnete Richard, „Theobald hat an der Operation ‚Weißes Tor' mitgemacht."

„Was war das für eine Operation?", fragte Elias.

„Wir sollten im Auftrag des Generalstabs einige Steine besorgen", antwortete Theobald.

„Wozu? Was ist denn an den Steinen so besonders?", fragte Lilly verwundert.

„In den Katakomben der Kathedrale gibt es seit Gründung der Hauptstadt ein Tor. Die Steine sind eine Art Schlüssel, um dieses Tor zu öffnen", erwiderte Theobald.

„Und was ist hinter diesem Tor?", fragte Elias und nahm einen Schluck aus seinem Krug.

„Angeblich sollte sich hinter dem Tor etwas befinden, von dem die Generäle des Kaisers glaubten, dass es den Krieg zu ihren Gunsten verändern könnte", Theobald erzählte weiter, „Ein Artefakt aus der Zeit des ersten Kaisers."

„Gibt's das Ding überhaupt?", fragte Alva.

Theobald zuckte mit den Schultern.

„Das heißt, wir machen uns all die Arbeit für einen Mythos", brummte Alva.

„Ob es wahr ist oder nicht, ist vollkommen egal", sagte Richard, „Wenn der Fuchs davon überzeugt ist, bleibt uns nichts anderes übrig, als seinem Befehl zu folgen."

„Und wie viele von diesen ‚Kieselsteinen' braucht man?", fragte Alva.

„Insgesamt sind es zwölf Steine", entgegnete Theobald, „Sieben Beratersteine und vier Wächtersteine, um die Tür zu öffnen. Der zwölfte ist, laut Chronik, für das Objekt selbst."

„Verstehe. Wie viele brauchen wir noch?", fragte Lilly.

„Acht brauchen wir", sagte Richard.

„Was?!", schimpfte Alva, „Wo sollen wir die denn herbekommen."

„Ganz ruhig Alva", beruhigte ihn der Gruppenführer, „Wir wissen, wer drei der Beratersteine hat. Wir besitzen derzeit auch schon drei der Steine. Es fehlen nur noch die vier Wächtersteine und ein Beraterstein für die Tür."

„Und wo finden wir diese Steine?", fragte Lilly und schaute zu Theobald.

„Ich weiß, wo wir den einen Beraterstein und einen der Wächtersteine finden können", sagte dieser, „Der Wächterstein befindet sich im nördlichen Teil des Kaiserreiches. Der Beraterstein ist in einem Dorf, das in einer Bergkette liegt und den südlichen vom nördlichen Teil des Reiches trennt."

„Wohin gehen wir dann als Erstes?", fragte Elias.

„Wir werden den Stein aus dem Dorf holen", sagte Richard, „Der Norden ist noch umkämpft, daher können wir noch nicht dorthin."

„Wann brechen wir auf?", fragte Alva.

„Gleich morgen bei Sonnenaufgang", antwortete Richard, „Je schneller wird die Steine finden, umso weniger haben die Feinde eine Chance, sie zu bekommen."

„Was für Feinde?", fragte Theobald verwundert.

„Die Republik", antwortete Richard.

„Was? Die? Ich kann mir nicht vorstellen, dass die eine Bedrohung sind", entgegnete Theobald.

„Du weißt wohl nicht gerade viel von ihnen, oder?", brummte Alva.

„Ich weiß, dass es sich um Deserteure handelt, die die Monarchie abschaffen wollen", sagte Theobald.

„Es sind verdammte Verräter, die den Krieg noch weiter unnötig in die Länge ziehen", schimpfte Lilly.

„Wie können Menschen, die für das Volk kämpfen, Verräter sein?", schnaubte Theobald.

„Es sind nicht die Menschen, die für die Republik kämpfen, die das Problem sind, sondern die, die sie anführen", erklärte Richard, „Viele der Generäle und Offiziere des Kaisers haben sich den Kämpfern angeschlossen, um ihre Macht zu behalten. Sie nutzen die Gruppe als Schutz, um für ihre Verbrechen nicht belangt zu werden."

Theobald schaute sie überrascht an. Davon hatte er nichts gehört.

„Das heißt also, die anderen Steine gehören jetzt den Kämpfern der Republik?", fragte er.

Richard nickte. „Um die Steine, die sich bereits im Besitz der Republik befinden, kümmert sich der Fuchs. Wir müssen uns derzeit auf die Steine konzentrieren, die noch nicht gefunden wurden", sagte er.

Theobald nickte.

Den restlichen Abend verbrachte die Gruppe mit Essen und Trinken. Alle schienen sich gut zu unterhalten, doch Theobald fiel es schwer, sich mit der Gruppe zu verständigen. Kaum einer der anderen wollte sich ernsthaft mit ihm unterhalten. Nur Elias fing das ein oder andere Gespräch mit ihm an. Die meiste Zeit unterhielten sich die anderen über die Dinge, die sie im Krieg erlebt hatten. Ein Thema, das Theobald schon während seiner Zeit als Gefangener nicht gefallen hatte. Er fand es zudem unangenehm, wie die anderen sich abwertend über die Soldaten des Kaisers unterhielten. Für sie waren sie Feinde, die besiegt werden mussten, doch für ihn waren es auch Freunde und Bekannte. Mitanzuhören, wie sie herablassend über sie sprachen, machte ihn krank und so ging er etwas früher auf sein Zimmer.

Er lag noch eine Weile wach im Bett und starrte auf die Decke. Da öffnete sich die Tür des Zimmers.

„Noch wach?", fragte Elias, der das Zimmer betrat.

„Ja", antwortete Theobald.

Elias setzte sich auf sein eigenes Bett, „Tut mir leid, was die anderen erzählt haben."

Theobald schüttelte den Kopf. „Ach, die wollen mich doch nur aus der Reserve locken. Die suchen ja nach einem Grund, um mich einen Kopf kürzer zu machen", sagte er.

„Mach dir keine Sorgen. Solange du für den Fuchs arbeitest, krümmen dir die kein Haar", sagte sein Zimmergenosse.

„Und was macht dich da so sicher?", fragte Theobald.

„Du bist nicht der Einzige, dem der Meisterspion ein besonders Angebot gemacht hat", antwortete dieser, „Wenn dir etwas passiert und die Mission scheitert, werden sie nie ihre Belohnung erhalten."

Theobald setzt sich auf, „Und was bekommen sie?", fragte er.

„Das weiß ich nicht. Darüber haben wir nie gesprochen", antwortete Elias.

„Und was ist mit dir? Was bekommst du?", fragte Theobald.

„Ich? Ich bekomme nichts. Ich brauch' auch nichts", antwortete der Mönch.

„Macht Sinn. Mönche dürfen ja keinen Besitz haben", sagte sein Theobald.

Elias lachte. „Das ist nicht der Grund. Ich sehe es als meine Pflicht, den Leuten zu helfen. Ich habe über die Jahre viel Leid gesehen. Wenn die Steine dabei helfen, dieses Leid zu beenden, ist das für mich Belohnung genug", sagte er.

„Wie bist du eigentlich Mönch geworden?", fragte Theobald.

„Willst du das echt wissen? Es nicht wirklich eine spannende Geschichte. Im Gegenteil, sie ist fast schon ein Klischee", sagte Elias.

„Ich habe Zeit", sagte Theobald, „Und schlafen kann ich sowieso nicht."

Elias lächelte. „Na gut", sagte er und fing an zu erzählen:

„Meine Jugend war nicht besonders gut. Meine Mutter starb schon sehr früh, was mein Vater nie verkraftete. Deswegen griff er oft zur Flasche. Was bedeutet, dass mir sehr früh der moralische Kompass fehlte. Als Kind hatte ich nur Flausen im Kopf, aber es wurde schlimmer, als ich ein Jugendlicher wurde. Ich fing an, Reisende zu betrügen und zu beklauen, und schlug mich mit allen möglichen Leuten, einfach weil ich wollte."

„Schätze, du hattest viel Ärger mit den Dorfbewohnern", sagte Theobald.

Elias nickte. „Das war mir aber damals relativ egal. Für mich waren das alles dämliche Idioten, die dem Großbauern, der in unserer Gegend die meisten Felder besaß, in den Arsch krochen. Doch es gab eine Person, die mich mochte und die für mich sehr wichtig war und das war die Tochter eben dieses Großbauern."

Theobald lachte. „Sieh an, sieh an."

„Sie war die Liebe meines Lebens", sagte der Mönch, „Sie hat mein Leben auf einen Schlag umgekrempelt. Ich hörte auf mit meinen diebischen Aktionen. Schlug mich mit keinem mehr und fing sogar an, den Menschen bei Dingen zu helfen, was jeder etwas seltsam fand."

„Liebe kann Menschen ganz schön verändern", fügte Theobald hinzu, „Aber ich schätze, etwas ist dazwischengekommen."

Elias seufzte, „Am Ende des Herbstes haben wir immer ein Fest gefeiert. Eine Dankesfeier, die der Großbauer ausrichtete, als Dank für die Hilfe bei der Ernte. Wohl so ‚ne Art Entschädigung, weil er die Leute so schlecht bezahlte. Aber egal. Ich habe mich an dem Tag extra für sie schön hergerichtet und wollte mich von meiner besten Seite zeigen. Ich ging auf sie zu und wollte sie um den nächsten Tanz bitten, doch bevor sie Ja sagen konnte, funkte ihr Vater dazwischen. Vor dem gesamten Dorf und ihr machte er mich zur Sau. Er sagte, dass er nie zulassen würde, dass ein Taugenichts wie ich mit seiner Tochter zusammenkommen würde. Ich sei zu nichts zu gebrauchen wie mein Vater und würde in derselben Gosse landen wie er. Und das ganze Dorf stand um mich herum und lachte mich aus. Und sie, der Mensch, den ich über alles liebte, duckte sich von mir weg."

„Das tut mir leid zu hören", sagte Theobald.

„Ich war an dem Abend so sauer, dass ich auf seinen Hof gegangen bin und die Lager mit der gerade eingefahrenen Ernte in Brand gesetzt habe", sagte Elias, „Wie du dir sicher denken kannst, ist alles abgebrannt und die Leute im Dorf waren bereit, mich dafür zu lynchen." Elias machte eine kurze Pause und fuhr fort: „Im Rathaus gab es dann einen Prozess gegen mich. Das war der Moment, als ich richtig merkte, dass ich auf verlorenen Posten stand. Ich dachte schon, dass die mich aufhängen würden, doch dann kam der Dorfpriester und erklärte den Bewohnern, dass es keinen Sinn hätte, mich mit Gewalt zu tadeln. Er wies darauf hin, dass mir die richtige Erziehung fehlte, und schlug stattdessen vor, dass man mich ins Kloster bringen solle. Dort würde ich lerne, wie man sich als anständiger Mensch in der Gesellschaft benimmt."

„Dieser Mann hat dir den Arsch gerettet", sagte Theobald.

„Vor allem hat er mir eine zweite Chance gegeben", sagte Elias.

„Ich wünschte mir, dass die Leute mir eine zweite Chance geben, aber ich denke nicht, dass das passiert", sagte Theobald.

„Du wirst deine Chance bekommen. Ich kann verstehen, wie du dich fühlst. Von allen verlassen worden zu sein. Das Gefühl, allein dazustehen. Aber ich weiß, dass du kein schlechter Mensch bist. Die anderen können das nur noch nicht sehen, weil sie selber vom Krieg und seinen Geschehnissen gezeichnet sind. Aber wenn du ihnen zeigst, dass du für dieselbe Sache wie sie kämpfst, dann werden sie auch mit der Zeit verstehen, dass du eben nicht zu jenen gehörst, die diese Welt in den Abgrund getrieben haben."

Theobald war den Tränen nahe.

Die gesamte Nacht über dachte er über die Worte von Elias nach. In ihm gab es zwar immer noch den Widerstand, an der Mission teilzunehmen. Aber zu wissen, dass es jemanden gab, der ihn unterstützte, gab ihm Mut weiterzumachen.

Kapitel 5

Die Probe

Am nächsten Morgen stand die gesamte Truppe an der Kutsche und belud sie. Theobald machte sich auf den Weg zum Kutschbock. Bevor er hochsteigen konnte, drängelte sich Alva vor.

„Hey! Was soll das denn?", schimpfte Theobald.

„Du sitzt heut bei den anderen", brummte Alva.

„Wieso das denn?", fragte Theobald, aber Alva gab ihm keine Antwort.

Genervt ging er zur Kutsche und stieg ein. Nachdem er Platz genommen hatte, stiegen auch Lilly und Richard zu.

„Was ist mit Alva? Warum sitzt der heute vorne bei Elias", fragte er die anderen.

„Wir waren uns gestern einig, dass es das Beste wäre, wenn er vorne sitzt", antwortete Richard.

„Wieso denn? Habt ihr Angst, dass ich ihm wehtun werde?", fragte Theobald provozierend.

„Es ist bloß eine reine Vorsichtsmaßnahme", sagte Lilly, „Wir wollen ja nicht, dass du bei deiner ersten Mission gleich aus der Kutsche katapultiert wirst."

„Sehr witzig", sagte Theobald.

Die Kutsche setzte sich in Bewegung.

„Warum seid ihr so feindlich mir gegenüber?", fragte er, „Wir stehen auf derselben Seite."

„Wir vielleicht, aber du nicht. Deinesgleichen kann man nicht trauen", sagte Lilly.

„Und warum wenn ich fragen darf?", fragte Theobald.

„Warum?", Lilly wurde etwas lauter, „Weil du ein Mitglied der roten Adler warst. Einer Gruppe von Mördern, die sich daran ergötzt hat, Unschuldige zu töten", sagte sie.

„Blödsinn!", rief Theobald, „Als ich bei den roten Adlern war, habe ich mich nur mit den Steinen befasst."

„Das kannst du gern den anderen erzählen, wenn du am Galgen hängst", schimpfte Lilly.

„Lilly!", fuhr Richard dazwischen, „Es reicht. Ich habe euch gestern schon zu verstehen gegeben, dass es sinnlos ist, euch über ihn aufzuregen. Wir brauchen ihn schließlich."

Lilly verstummte.

Er wandte sich zu Theobald. „Und du tust gut daran, die anderen nicht zu provozieren. Wenn wir wollen, dass das hier gut verläuft, müssen wir zusammenarbeiten."

Theobald verdrehte seine Augen und schaute aus dem Fenster.

Er war ziemlich wütend über ihre Anschuldigungen. Während seiner Zeit bei den Roten Adler hatte er nur die Aufgabe, bei der Beschaffung der Steine zu helfen. An anderen Missionen war er nie beteiligt. Vor allem deswegen nicht, da er nicht gut genug für deren Ausbildung war. Er fand es ungerecht, mit den anderen in einen Topf geschmissen zu werden.

„Ich hatte nie was mit den Sachen zu tun … oder hatte ich doch?", Theobald ging in sich.

Er wusste nicht viel davon, was die Roten Adler eigentlich machten. Für ihn waren sie bloß eine militärische Spezialeinheit. Die anderen ließen ihn auch im Dunkeln darüber, was sie für Aufgaben während des Krieges hatten. Dennoch passierte es hin und wieder, dass Theobald mitbekam, in was für Taten sie verwickelt waren. Taten, von denen er wünschte, nichts davon gewusst zu haben.

Theobald lehnte sich mit dem Kopf nach hinten. Er fand nun Lillys Vorwurf durchaus berechtigt.

Gegen Mittag machte die Gruppe eine Pause an einem Gutshof. Elias und Alva brachten die Pferde zu einer Tränke. Richard ging zum Besitzer des Hofes und redete mit ihm. Lilly vertrat sich die Beine. Theobald holte aus seiner Tasche eine Schachtel mit Zigaretten raus und zündete eine an. Die Zigaretten, die er hatte, bestanden aus einigen Kräutern, die ihm halfen, seine

Nerven zu beruhigen. Eine Art Medizin, die er während des Kriegs bekommen hatte.

Er beobachtete Lilly, die hin und her ging. Während er weitere Züge nahm, dachte er an die Worte von Elias. Den anderen zu zeigen, dass er auf ihrer Seite stand, das schien für ihn eine Sache der Unmöglichkeit zu sein. Vor allem deswegen, da er nun wusste, wie sie ihn sahen.

Theobald stieß den Rauch aus. „Aber ich muss es probieren", sagte er zu sich selbst, „Ansonsten wird diese Reise schwieriger."

Er nahm einen letzten Zug und warf den Zigarettenstummel auf den Kies. Dann ging er zu Lilly.

„Das mit vorher tut mir leid", sagte er, „Ich wollte nicht provokant sein".

Lilly schnaubte.

„Ich weiß, dass ihr mich nicht mögt, aber Richard hat recht. Wenn wir die Mission hinter uns bringen wollen, hat es keinen Sinn, wenn wir uns an die Gurgel gehen", sagte er zu ihr.

Sie sah ihn vorwurfsvoll an. „Was erwartest du? Dass wir Freunde werden?", fragte sie.

„Das nicht", entgegnete er, „aber wir können zusammenarbeiten."

„Zusammenarbeit erfordert Vertrauen. Woher weiß ich, dass ich dir trauen kann?", fragte sie ihn.

„Was kann ich denn machen, dass du mir vertraust?", fragte er.

„In meinem Orden entstand Vertrauen dadurch, dass man Seite an Seite gegen die Feinde kämpft. Ich glaube nicht, dass ich dir groß erklären muss, warum ich hierfür keine Grundlage sehe", sagte Lilly.

„Es muss ja nicht gleich auf der Ebene eines Ordensbruders oder -schwester sein. Ich will dir zeigen, dass ich bereit bin, für euch auch Risiken einzugehen", versuchte Theobald Lilly zu überzeugen.

„So, so, Risiken eingehen", sagte Lilly und kratzte sich am Kinn.

Sie sah sich in der Gegend um, als ob sie nach etwas suchen würde. Dann ging sie zur Kutsche. Sie kramte ein wenig in den Sachen und holte einen Bogen und einen Pfeil hervor. Sie nahm ihren Ring vom Finger und machte diesen mit einer Schnur am Pfeil fest. Sie spannte den Bogen und schoss den Pfeil auf einen großen Baum. Der Pfeil sauste durch die Luft, bis er im Baum einschlug.

Sie ging zu Theobald. „Dann zeig mir mal, wie sehr du bereit bist, Risiken einzugehen", sagte sie.

Theobald schaute sie fragend an: „Inwiefern soll dir das zeigen, dass man mir trauen kann?"

„Es war deine Idee, dich zu beweisen, nicht meine. Ich kann mir den Ring auch selbst wieder holen. Ich habe da keine Angst", sagte Lilly.

Theobald schaute zum Baum. Er fand es eine blöde Idee, anderseits hatte Lilly recht.

Er ging zum Stamm und versuchte, im Blätterwerk den Pfeil ausfindig zu machen. Theobald wurde es etwas mulmig. Auf Bäume zu klettern war für ihn nichts Neues, vor allem daher nicht, da sein Vater Holzfäller war und er mit ihm einige Male in den Wald gegangen war. Doch der Baum war sehr groß und alt. Er erkannt von unten, dass viele der Äste recht brüchig waren. Ein falscher Schritt und er würde zu Boden fallen und sich verletzten oder gar den Hals brechen.

„Für einen Vertrauensbeweis den Hals zu riskieren, das ist doch so dämlich", dachte er sich.

Er atmete tief ein. „Was man nicht so alles tun muss für die Einheit", flüsterte er.

Er ging um den Baum bis er einen Ast sah, der stabil genug war, sein Gewicht zu tragen. Mit beiden Armen griff er nach dem Ast. Nachdem er diesen fest in der Hand hatte, platzierte er seine Füße am Stamm und ging ihn hoch, bis auch diese am Ast waren. Er konnte sich nun aufsitzen. Diesen Ablauf wiederholte er einige Male und kletterte so den Baum hoch. Doch je näher er der Spitze kam, umso schwerer wurde es, weiterzukommen. Theobald schaute um sich. Die Äste waren nun zu dünn, um ihn zu tragen. Er versuchte, den Pfeil zu finden, doch er konnte nichts erkennen, da ihm die Zweige und Blätter die Sicht nahmen.

Vielleicht bin ich zu weit geklettert, dachte er.

Plötzlich erkannte er etwas. Ein Glitzern in der Krone. Er kniff die Augen zusammen und erkannte den Ring, der im Schein der Sonne leuchtete. Nun musste er irgendwie dort hinkommen. Er ging zum Stamm und klammerte sich fest an ihn. Mit dem Blick auf den Ring gerichtet, zog er sich in Richtung der Baumkrone. Er streckte seine Hand nach dem Pfeil aus.

„Hab' dich", sagte er, als er ihn im Griff hatte.

Ein Gefühl der Euphorie machte sich in ihm breit. Doch dieses hielt nicht lange an. Als er versuchte, den Pfeil aus dem Stamm zu bekommen, verloren seine Füße den Halt. Der Pfeil brach ab. Theobald sauste in die Tiefe. Mit allen Mitteln versuchte er, wieder den Halt zu gewinnen. Die Rinde flog links und rechts von seinen Füßen weg. Er versuchte, mit seiner zweiten Hand halt zu fassen, doch es half nicht. Er verlor das Gleichgewicht und fiel rücklings den Baum runter. Mit den Händen griff er nach allem, was sie fanden, doch die Äste brachen einfach weg. Er spürte das Adrenalin in seinem Körper. Er musste etwas versuchen, sonst würde er unten ungebremst aufschlagen. Da spürten seine Hände einige größere Äste. Er griff nach ihnen, konnte sich jedoch nicht festhalten.

Da schlug er am Boden auf.

Theobald starrte in die Luft. Er sah die Schneise, die sein fallender Körper verursacht hatte. Sein Rücken und seine Hände schmerzten. Er spürte die Äste, die unter ihm lagen. Er sah die anderen, wie sie auf ihn zugelaufen kamen. Unter ihnen war auch der Gutsbesitzer.

„Was zum Teufel ist hier passiert? Was hast du gemacht?", schimpfte Richard.

Theobald versuchte, auf die Beine zu kommen. Elias kam zu ihm, half ihm auf.

„Also?", fragte Richard.

Theobald streifte den Dreck an seinen Sachen ab. Diese waren voll mit Rinde und Blättern.

„Ich bin auf den Baum geklettert", antwortete Theobald und hielt sich seinen schmerzenden Rücken.

„Was im Namen der Götter hat dich dazu bewegt, da hochzusteigen?", schimpfte Richard.

Theobald sah zu Lilly rüber.

„Ich…äh…hatte Hunger. Ich dachte, das wäre ein Obstbaum", antwortete Theobald.

„Obstbaum?", der Gutsbesitzer sah ihn an, „Wie kommst du bitte darauf, dass das ein Obstbaum ist?", fragte dieser genervt.

„Ist das etwa keiner?", entgegnete Theobald.

Der Gutsbesitzer schüttelte den Kopf. „Immer diese Städter mit ihren dummen Ideen", brummte er und machte sich auf den Weg zum Hauptgebäude.

Richard warf Theobald einen wütenden Blick zu. „Ich weiß nicht, was dich dazu verleitet hat, da hochzusteigen, aber in Zukunft lässt du das sein. Kapiert?", sagte er Theobald. Er wandte sich Elias und Alva zu.

„Ihr beide holt die Pferde. Wird Zeit das wir weiterkommen", sagte er.

Die beiden machten sich auf den Weg zu den Pferden. Richard ging zur Kutsche. Theobald kniete sich hin und suchte in der Menge an Ästen nach dem Ring.

„Das war ein ganz schönes Spektakel", sagte Lilly.

Theobald kramte weiter.

„Ich hab schon lange keinen …", wollte sie weiter sagen, doch sie wurde unterbrochen.

„Da hast du deinen dämlichen Ring", schimpfte Theobald, „Ich hätt's lassen sollen, dir irgendwas zu beweisen." Theobald stand auf. „Juckt dich doch am Ende eh nicht", schimpfte er weiter. Er streckte ihr den Ring entgegen. Lilly sah ihn verdutzt an. Sie nahm den Ring aus Theobalds blutiger Hand. Dieser schnaubte und ging zur Kutsche.

Die restliche Fahrt über sagte Theobald kein Wort. Er spürte das Pochen seines Herzens in jeder seiner Wunden. Er fühlte sich wie ein Idiot.

Ich hätte fast mein Leben bei diesem Unsinn verloren, dachte er.

Gegen Abend erreichte die Gruppe das Ziel ihrer ersten Tagesreise: einen Lagerplatz, wo sie ihre Zelte aufstellen konnten.

Elias und Alva machten sich ans Werk, um das Lager aufzubauen. Richard stand daneben und delegierte. Theobald ging runter zu einem kleinen Bach, um sich das getrocknete Blut von den Händen zu waschen und sich zu verarzten. Er hielt seine Hände in das kalte Wasser.

„Wenn du das so machst, entzündet sich die Wunde bloß", hörte er eine Stimme hinter sich.

Er drehte sich um und sah Lilly. Sie hatte eine Tasche bei sich.

„Lass mich dich vernünftig verarzten", sagte sie.

Theobald reichte ihr seine Hände.

Lilly kramte Verbandssachen aus der Tasche. „Sind das die einzigen Verletzungen?", fragte sie ihn.

„Es sind nur die Hände. Die haben am meisten abbekommen", antwortete Theobald.

„Warum hast du Richard angelogen?", fragte sie ihn.

„Ich wollte nicht, dass du Ärger dafür bekommst, dass ich eine dumme Idee hatte", antwortete Theobald.

Lilly nahm etwas Pulver und legte es auf die Wunden. Dann verband sie sie. Theobald biss die Zähne zusammen.

„Das sollte die Wunde desinfizieren", sagte Lilly und räumte das Verbandsmaterial zurück in die Tasche.

Beide saßen eine Weile nebeneinander und schauten den anderen beim Arbeiten zu.

„Darf ich dich was fragen?", fragte Theobald.

„Was willst du denn wissen?", antwortete Lilly.

„Was genau hast du gegen mich?", fragte er sie.

„Das hab' ich dir doch schon heute Vormittag gesagt", entgegnete sie.

„Das weiß ich", sagte Theobald, „Aber hinter deiner Aussage steckt doch mehr als nur ‚Du bist ein Mörder'."

Lilly seufzte. „Du willst es wirklich wissen, huh?", fragte Lilly.

Theobald nickte.

„Na gut. Ich denke, dass ich dir eine Antwort schuldig bin, nachdem du fast draufgegangen bist", sagte sie und begann zu erzählen.

„Wie du weißt, bin ich eine Ritterin des Ordens des Edelweißes. Es war nicht wirklich meine Entscheidung, dem Orden beizutreten. Meine Eltern setzten mich vor den Toren der Festung aus, als ich noch ein Baby war. Für Leute, die nicht aus dem westlichen Teil des Reiches kommen, hört sich das grausam an, aber es ist dort gang und gäbe, dass Eltern dort ihre Kinder aussetzen, die sie nicht ernähren können", Lilly kicherte ein wenig, „Mein Meister sagte immer spaßeshalber, das wäre ihr Rekrutierungsprogramm."

„Warum geben die Eltern ihre Kinder an die Orden?", fragte Theobald.

„Das Kaiserreich kümmerte sich nicht wirklich um den Westen. Die Gouverneure nahmen all das Geld und bauten sich schöne Schlösser, kümmerten sich aber nie um die Bevölkerung. Die Armut war recht groß und bevor die Kinder den Hungertod starben, wurden sie an die Orden abgegeben. Die Orden nahmen sie auf, gaben ihnen ein Obdach und unterrichteten sie sogar im Lesen, Schreiben und Rechnen. Sie brachten uns sogar bei, wie man kämpft", führte sie fort.

„Du hast also keine Ahnung, wer deine Eltern sind?", fragte Theobald.

„Ich hab' sie nie kennengelernt. Seitdem ich denken kann, war der Orden meine Familie." Lilly starrte in die Ferne, „Es war ein schönes Zuhause, doch der Krieg hat alles zerstört. Ich kann mich genau an den Tag erinnern, als es begann. Ich war im Hof und hab' mit ein paar meiner Brüder und Schwestern geübt, da wurde uns mitgeteilt, dass eine Armee des Kaisers auf dem Weg zur Festung ist. Die Bewohner des Dorfes, das am Fuß der Festung lag, flohen in die Feste, weil es dort sicherer für sie war. Wir machten uns bereit, die Stellung zu verteidigen. Ich war in meiner Kammer und rüstete mich aus, da kam mein Lehrmeister und sagte mir, dass ich mich um die Dorfbewohner kümmern und sie über den geheimen Tunnel in Sicherheit bringen sollte. Ich wollte zwar Seite an Seite mit ihm kämpfen, aber ich konnte mich nicht seiner Anweisung widersetzen. Ich und ein paar andere meines Ordens gingen zu den Bewohnern. Zusammen mit ihnen und den Jüngeren machten wir uns auf den Weg. Als wir alle im Tunnel waren, hörten wir einen lauten

Knall. Der Eingang hinter uns stürzte ein. Wir konnten nur noch nach vorne gehen. Während wir durch den Tunnel gingen, hörten wir dumpfes Grollen in der Ferne. Ich hatte Angst um meine Freunde, die zurückgeblieben waren und kämpften. Auch alle anderen hatten Angst. Nach einer Weile erreichten wir den Ausgang. Über den Wipfeln der Bäume konnten wir Rauch sehen, der aus der Richtung der Festung kam. Wir hörten das Knallen von Gewehren und das Heulen der Artilleriegranaten. Ich wollte zurücklaufen, den anderen helfen, doch meine Mitstreiter sagten mir, dass es jetzt wichtiger wäre, die Menschen in Sicherheit zu bringen. Wir brauchten einige Tage, bis wir eine Stellung der Armee der Kaiserin erreichten. Wir erzählten ihnen alles und so machten ein paar der Kämpfer des Ordens, die Soldaten und ich uns auf den Weg zur Festung, doch wir kamen zu spät. Die Soldaten des Kaisers waren schon längst weg. Das Dorf war niedergebrannt und die Festung komplett zerstört. Aber das war nicht das Schlimmste an der ganzen Sache." Lilly ballte eine Faust. „Als wir die Burg betraten, sah ich sie. Einige meiner Ordensbrüder und -schwestern sowie mein Lehrmeister hingen vom Baum, der im Innenhof stand, die Hände am Rücken zusammengebunden. Diese Bastarde haben sie einfach eiskalt aufgeknüpft." Lilly machte eine kurze Pause. „Seit diesem Tag ziehe ich alleine durchs Land und versuche, den Tod meiner Brüder und Schwestern zu rächen."

„Warum bist du keinem der anderen Ordern beigetreten?", fragte Theobald und sah zu Lilly. Sie starrte auf den Boden. Ihre blonden Haare verdeckten ihr Gesicht.

„Es gibt keine Orden mehr", antwortete sie, „Die Armee des Kaisers, allen voran die Roten Adler, haben alles darangesetzt, die Ritterorden auszulöschen. Womit sie am Ende sogar Erfolg hatten. Sie haben uns gejagt wie Tiere. Sie haben jeden getötet, der was mit uns zu tun hatte. Männer, Frauen und sogar Kinder. Manche Dörfer wurden gar ausgelöscht bei dem Versuch, einen von uns zu verstecken."

„Ich weiß nicht, was ich sagen soll. Tut mir leid, das zu hören", sagte er zu Lilly.

Lilly stand auf, mit dem Blick nach vorne gerichtet „Wenn du es je ernst mit deinen Absichten meinst, dann hilf mir dabei, diese Dreckskerle zu Malach zu schicken. Und wenn nicht, dann bete zum Allvater, dass er deiner Seele gnädig ist, denn ich werde es nicht sein", drohte sie Theobald und ging zu den anderen.

Theobald saß noch eine Weile da. Ein kalter Schauer lief über seinen Rücken.

Kapitel 6

Tavernentumult

Theobald schaute gelangweilt den Regentropfen zu, wie sie an der Scheibe der Kutsche entlangglitten. Es war einer dieser Momente, in denen er sich wünschte, etwas zum Lesen eingepackt zu haben. Das Einzige, was er zur Unterhaltung dahatte, waren ein paar Karten. Er wandte seinen Blick in die Kutsche zu seinen Mitfahrern. Richard las ein Buch und schien sehr darin vertieft zu sein. Lilly, die ihm gegenüber saß, starrte wie er mit einem gelangweilten Blick aus dem Fenster. Er fing an, sie zu mustern. Sie hatte blondes Haar und ein liebliches Gesicht. In der Spiegelung des Fensters sah er ihre grünen Augen. An dem weißen Hemd, das sie trug, erkannte er eine Stickerei, die ein Edelweiß zeigte. Theobalds Blick wanderte auf ihre Hände, auf denen sie ihren Kopf abstützte. Für eine Ritterin waren diese überraschend gut gepflegt und sehr zierlich.

Die Waffe, die sie führt, muss wohl sehr leicht und präzise sein, dachte er sich.

Lilly schien zu bemerken, dass Theobald sie beobachtete.

„Na, was gefunden, was dir gefällt?", fragte sie ihn.

Theobald wurde aus seinen Gedanken gerissen. „Wie? Was? Was meinst du?", entgegnete er.

„Na, du starrst mich so an. Hast du schon so lange keine Frau mehr gesehen?", fragte sie ihn.

„Pff. Blödsinn. Ich hab' mich nur gefragt, was du für eine Waffe führst", sagte Theobald.

„Was für eine Waffe?", fragte Lilly, „Ich führe einen Degen."

„Einen Degen. Das habe ich mir fast gedacht", sagte er, „Ich hab' mal gehört, dass Leute, die einen Degen führen, eine Art ‚Symbol' haben. Stimmt das?", fragte er.

Lilly lachte. „Das stimmt. Ich hab' auch eins", sagte sie und krempelte den rechten Ärmel ihres Hemdes hoch.

Stolz präsentiere sie Theobald eine Narbe, die von ihrer Handseite bis zum Ellenbogen reichte.

„Hab' ich mir beim Üben mit den anderen zugezogen, als ich fünfzehn war", sagte sie und lächelte.

„Sieht echt böse aus", sagte Theobald.

„Hat auch ziemlich wehgetan", sagte Lilly, „Was ist mit dir, hast du irgendwelche Narben?"

„Warum willst du das wissen?", fragte Theobald überrascht.

„Nur so", entgegnete Lilly.

Theobald krempelte seinen Ärmel hoch.

„Das war ein Streifschuss, den ich mir in der Schlacht auf der Elviter Höhe zugezogen habe", sagte er und deutete auf eine Narbe am Oberarm.

„Streifschuss?", Lilly fragte ihn verwundert, „Sieht eher so aus, als ob der Schuss durchging."

„Hätte fast den Knochen erwischt", erzählte Theobald, „Mit der Wunde musste ich bis zur feindlichen Stellung laufen, bis man mich verarztete."

Lilly zeigte sich beeindruckt. „Sieh an. Bist doch nicht so ein Weichei, wie ich dachte", sagte Lilly.

Theobald lächelte etwas verwundert. Es war ein seltsames Kompliment, das sie ihm gab.

„Hast du Lust, etwas Wholul zu spielen?", fragte er Lilly.

„Wholul? Was ist das?", fragte sie Theobald.

„Ein Glücksspiel, das eigentlich in der Armee des Kaisers verboten war", funkte Richard dazwischen.

„Sicher war es verboten. Aber es war den Soldaten, sogar den Offizieren egal", sagte Theobald.

Lilly sah ihn skeptisch an. „Ich weiß nicht", sagte sie.

„Wir spielen ja um nichts. Hauptsache wir vertreiben uns die Zeit", sagte er.

Lilly dachte nach. „Besser als aus dem Fenster zu starren", sagte sie.

„Super", sagte Theobald und kramte aus seiner Jackentasche die Schachtel mit Karten hervor und legte sie aus.

Am späten Nachmittag erreichte die Kutsche die Stadt Rutgen, einen der größeren Orte der Gegend. Theobald bestaunte den Stadtplatz, über den die Kutsche fuhr. Fasziniert blickte er auf die bunten Fassaden der Häuser, die mit Abbildern bemalt waren, die die Geschichte der Stadt erzählten. In der Mitte des Platzes stand eine Statue ihres Gründers. Die Kutsche blieb vor einem Gasthof stehen. Theobald stieg aus und betrachtete das Abbild. Sie zeigte die Heilige Cireses, die Göttin der Landwirte und Bauern, wie sie den Bewohnern der Stadt Getreide schenkt. Theobald wusste, für was das Abbild stand. Es zeigte das Ereignis im Jahre 1068, dem Jahr der großen Dürre und Hungersnot, von denen die Stadt verschont blieb.

„Das Bild scheint es dir angetan zu haben", sagte Elias, der von der Kutsche stieg.

„Ich hab' von dem Ereignis schon einiges in der Reichschronik gelesen", sagte Theobald.

„Reichschronik? Was is'n das für ein Zeug", klinkte sich Alva ins Gespräch mit ein.

„Die Reichschronik ist die aufgeschriebene Geschichte des Landes. In ihr steht alles drin, was im Land über die Jahrhunderte, besser Jahrtausende, passiert ist", entgegnete Theobald.

„Aha", sagte Alva unbeeindruckt und nahm die Zügel der Pferde.

Theobald schüttelte den Kopf.

„Ich glaube nicht, dass du Alva mit solchen Sachen begeistern kannst", sagte Elias.

„Verstehe. So was ist auch nicht für jedermann", sagte Theobald.

„Das ist es nicht. Die Menschen aus dem Norden interessieren sich nicht so für Dinge aus dem Reich. Sie schätze eher ihre eigene Kultur, unabhängig vom Rest des Landes", sagte Elias.

Die Gruppe nahm ihre Sachen und betrat das Gasthaus. Wie auch beim letzten Mal, teilten sich Elias und Theobald ein Zimmer. Gegen Abend traf sich die Gruppe in der Gaststube.

Die Stube war gefüllt mit Reisenden und Einheimischen. Die meisten standen dicht gedrängt an der Theke. Am anderen Ende des Raumes war eine Bühne, auf der eine Band spielte. Theobald lauschte den Liedern, die sie spielten und entspannte sich ein wenig. Elias kam an den Tisch und stellte die Krüge ab.

„Tut mir leid, dass es so gedauert hat. Man kommt am Tresen kaum durch", sagte er und verteilte die Krüge.

„Ganz schön was los hier", sagte Lilly und blickte in die volle Stube.

Die Musiker beendeten ihr Lied und Leute fingen an zu Klatschen. Elias wandte sich zu Theobald.

„Was ist das eigentlich mit dir und der Reichschronik? Wieso kennst du dich darin so gut aus?", fragte er ihn.

„Schon als Kind hab ich mich mit der Chronik beschäftigt", fing Theobald an, „Es war eines der Hobbys meines Großvaters. In den Ferien nahm er mich immer mit in das Archiv und zeigte mir, wie man es liest."

„Wie man das liest? So schwer kann das doch nicht sein", sagt Lilly.

„Über die Jahrtausende hat sich einiges geändert", sagte Theobald, „Begriffe, Ausdrücke und Wörter. Diese Dinge ändern sich mit der Zeit, werden anders geschrieben oder bezeichnet. Um sie vernünftig zu lesen, muss man wissen, was gemeint ist, und die Begriffe übersetzten."

„Hört sich langweilig an", sagte Alva.

„Das ist ja auch nicht das Spannende daran. Mich interessieren vor allem die Geschichten, die erzählt werden, und die Mythen und Legenden, die enthalten sind. Aber das ist nicht der einzige Grund, warum ich sie so schätze", sagte Theobald.

Er schaute auf den Tisch und kurvte mit seiner Hand nachdenklich an den Seiten des Kruges herum.

Die Band fing wieder an zu spielen.

„Was macht sie denn noch so wichtig für dich?", frage Lilly.

„Nun. Also der Grund...", wollte er gerade weitererzählen, da kam jemand von dem Tresen auf ihren Tisch zu. Er war ein etwas stämmigerer Mann. Er griff nach Lillys Oberarm und zerrte sie von ihrem Platz.

„Hey Süße. Komm, lass uns ein wenig Tanzen", lallte er sie an.

Lilly wusste nicht, wie ihr geschah.

„Wird bestimmt lustig", lachte der Mann und zerrte sie von den anderen weg.

Bevor diese etwas machen konnten, verschwanden Lilly und der Mann in der Menge an Gäste, die auf der Tanzfläche standen.

Lilly fand sich inmitten der Masse wieder. Um sie herum drehten sich die Menschen im Takt und klatschten zur Melodie. Der Mann, der sie auf die Fläche gezerrt hatte, hatte sie fest im Griff und drehte sie hin und her.

„Hey, lass mich los", schimpfte Lilly und versuchte, sich aus dem Griff zu befreien.

„Was ist los, Puppe? Macht doch Spaß, was?", lallte der Mann.

„Wenn du nicht auf der Stelle deine Finger von mir nimmst, dann...", wollte Lilly sagen.

„Dann was?", fragte der Mann.

Lilly hatte genug und rammt ihm ihr Knie in den Bauch. Dieser ließ sie vor Schmerzen los und sackte zu Boden. Theobald stieß zu ihr.

„Hey, was soll das?", lallte der Mann unter Schmerzen, „Was denkst du eigentlich, wer du bist, du kleine Schlampe?!"

„Diejenige, die dir den Bauch aufschneidet, wenn du es noch mal probierst, mich anzugehen", giftete Lilly ihn an.

Der Mann lachte. „Ich mag Frauen, die Biss haben. Du hast richtig Feuer", sagte er.

„Du lässt gefälligst deine dreckigen Pfoten von ihr!", mischte sich Theobald ein.

„Ach, und was willst du kleiner Wichser machen?", fragte der Mann, als er aufstand.

Ohne großartig nachzudenken, ging Theobald zu ihm und schubste ihn in die Menge, die ihn sogleich auffing.

„So, du willst also eine Tracht Prügel, wie? Kannste haben", sagte der Mann und stürmte auf Theobald zu.

Er schlug in seine Richtung, verfehlte aber. Theobald holte aus und gab ihm einen Kinnhaken. Der Mann taumelte nach hinten. Er machte sich bereit für einen zweiten Anlauf, da packte ihn jemand an der Schulter.

Lilly erkannte, dass es Alva war. „Die beiden gehören zu mir. Du lässt gefälligst deine Pfoten von ihnen", brummte Alva.

Er packte den Mann am Kragen und warf ihn durch die Menge. Mit einem lauten Wumms schlug er am Tisch auf, der sogleich kaputtging. Die Musik verstummte. Alle starrten auf Alva. Der Mann, den er geworfen hatte, blieb auf den Trümmern liegen.

„Hey, was soll das?", rief einer von den Tresen.

„Die wollen wohl Stress machen", sagte ein anderer.

„Die schnappen wir uns!", rief einer aus der Menge.

Von allen Seiten kamen Leute auf die drei zugestürmt. Theobald blockte einige Faustschläge, bis er selber Schläge austeilte. Gekonnt schlug er seinem Gegner ins Gesicht, sodass dieser zu Boden ging. Lilly nutzte ihre Beweglichkeit zum Vorteil. Mit ihren Füßen trat sie nach einigen Männern und hielt sie so auf Distanz. Alva war derweil in einen Kampfrausch verfallen. Er packte seine Kontrahenten und warf sie mit Leichtigkeit durch den Raum. Von den Sitzplätzen kam eine Gruppe auf ihn zu. Er brüllte und stürmte auf die Menge zu und räumte sie zur Seite. Auch Elias fing an mitzumischen. Er nahm seinen Holzkrug und schlug damit auf die Leute ein, die auf Theobald und Lilly losgingen.

Die anderen Gäste des Gasthauses liefen entweder aus dem Saal oder standen jubelnd daneben.

Nach einer Weile schrie einer: „Verdammt, das ist 'ne scheiß Armee, die die hier haben."

Die Menge löste sich auf. Wer gerade noch gehen konnte, versuchte, von der Gruppe wegzukommen.

Die Tanzfläche war gespickt mit kaputten Krügen. Stühle lagen vereinzelt herum. Einige der Leute, die an der Schlägerei beteiligt waren, lagen im Raum verteilt und versuchten aufzustehen. Inmitten von all dem Chaos standen Lilly und Theobald.

„Was für 'ne Sauerei", sagte er und schaute runter auf seine Schuhe, die in einer Bierpfütze standen.

„Das nenne ich mal eine Abwechslung", sagte Elias, der sich lässig an einem Stuhl abstützte und ein Schluck aus seinem Krug nahm.

Richard stand zwischen all dem Chaos und schüttelte bloß den Kopf. „Das hätte man auch anders lösen können", sagte er und sah zu Theobald.

„Wir haben das Richtige getan", wehrte sich Theobald.

„Sieht so das ‚Richtige' aus?", entgegnete Richard und zeigte auf das Chaos.

Theobald wollte etwas sagen, da unterbrach ihn Richard.

„Das ist genug Aufregung für heute. Es wäre besser, wenn ihr auf eure Zimmer geht", sagte er und gab mit einer Handbewegung zu verstehen, dass sich die anderen auf die Zimmer begeben sollten.

„Ja, ‚Vater'", sagte Lilly und verdrehte dabei die Augen.

Theobald sah noch, wie sich Richard mit dem Gasthofbesitzer unterhielt, während er die Treppe hochging.

Bevor er sein Zimmer betrat, hielt ihn Lilly kurz auf. „Das war ein ordentlicher Kampf. Ich bin froh, dass du mich gedeckt hast", sagte sie und lächelte.

„Wir gehören schließlich zum selben Trupp", sagte er.

Lilly grinst. „Na dann, gute Nacht", sagte sie und schlug Theobald leicht gegen die Schulter. Dieser biss ein wenig die Zähne zusammen. An der Stelle hatte ihm einer der anderen einen starken Schlag versetzt.

„Nacht", antwortete Theobald. Er versuchte, sich nicht anmerken zu lassen, dass es an der Stelle schmerzte.

Leise machte Lilly die Tür hinter sich zu. Theobald schaute ihr noch eine Weile nach, bevor er selbst auf sein Zimmer ging.

Kapitel 7

Ein Grund für Rache

Theobald saß unter einem Baum und ruhte sich aus. Die letzten Tage waren anstrengend für ihn gewesen, daher genoss er es, dass er sich ein wenig ausruhen und die Seele baumeln lassen konnte. Er spürte die warme Sonne, die auf sein Gesicht schien, und hörte den Wind, wie er durch die Blätter des Baumes strich, unter dem er lag. Er hörte die Bienen, wie sie auf der Wiese herumflogen und nach Blumen suchten. Theobald atmete tief ein. Für ihn könnte der Sommer ewig dauern. Sein Blick wanderte auf den Berg, der vor ihm stand. Majestätisch stand dieser in der Landschaft. Seine Felswand war stark und solide, wie eine Mauer, die allen Gefahren trotzte. Die Bäume, die auf ihm wuchsen, stützen den Felsen. Wie Wachen standen sie dort, bereit den Berg vor allem zu beschützen, was ihm die Welt entgegenwarf. Der Schnee am Gipfel wirkte wie eine Krone. Wie ein König stand der Berg dort und blickte in sein Land, das sich über die Wiesen und Felder zu den Flüssen und Wäldern erstreckte. Ein Gefühl der Ehrfurcht durchdrang Theobald. Es war ihm eine Ehre, hier im Schatten dieses Giganten sitzen zu dürfen.

Da hörte er etwas. Es war der Ruf eines Adlers. Theobald schaute in den blauen Himmel und sah den Adler, wie er in der Luft flog. Doch etwas schien nicht zu stimmen. Die Schreie des Adlers fingen an, sich zu verändern. Sie wurden menschlicher. Rauch zog auf und nahm Theobald die Sicht auf den Adler. Er fing an, sich unwohl zu fühlen. Irgendetwas stimmte nicht. Die Wärme der Sonne war verstrichen. Stattdessen spürte Theobald eine unangenehme Kälte, die ihm am Rücken entlanglief. Er spürte etwas Nasses an seinen Händen. Er sah zu ihnen runter. Seine Handfläche war mit Blut und Dreck bedeckt. Theobald erschrak. Seine Hände fingen an zu zittern.

„Was ist hier los?", fragte er sich panisch. Er wischte sich das Blut an der Kleidung ab. Dabei merkte er, dass er seine alte Uniform trug, die zerrissen und verdreckt war.

Er schaute sich um. Das Grün der Wiese war verschwunden. Stattdessen erkannte er nur Matsch und Stacheldraht. Von dem Baum, unter dem er gesessen hatte, war nur noch der verkohlte Rest des Stammes übrig. Geschockt stand Theobald auf und blickte um sich. Vor ihm erstreckte sich ein gigantisches Schlachtfeld. Fahnen standen in Bergen von Leichen und wehten im Wind, der den Geruch von verbranntem Fleisch und verwesenden Leichen mit sich trug. In der Ferne sah er pechschwarze Rauchfahnen, die in den dunklen, mit Wolken bedeckten Himmel aufstiegen. Er hört Donnern, konnte aber keine Blitze sehen. Sein Herz fing an, schneller zu schlagen. Wo war er? Was war passiert? Das waren die Fragen, die ihm durch den Kopf schossen. Planlos stolperte Theobald von dem Baum weg und blickte um sich auf das Feld. Links und rechts von ihm lagen tote Soldaten. Er schaute in ihre schmerzverzerrten Gesichter, als er an ihnen vorbeiging. Aus den Bergen aus Leichen hörte er Stimmen, die leise flehten und weinten. Funken flogen an ihm vorbei. Er drehte sich in die Richtung, aus der sie kamen. Er sah rüber zum Berg, der nun in Flammen stand. Die Felswand war mit Löchern übersät. Die Bäume waren in Flammen aufgegangen und umgeknickt. Theobald wusste nicht, was passiert und wie er hier hergekommen war. Da hörte er ein lautes Krachen. Er schaute auf den Gipfel. Ein Riss zog sich an diesem entlang. Plötzlich fing der Gipfel an, sich zu bewegen. Er brach ab und stürzte in das Tal unter ihm, direkt auf Theobald zu. Dieser stand wie angewurzelt da und musste mitansehen, wie dieses riesige Stück Gestein ungebremst auf ihn zukam. Er hielte sich die Arme vor das Gesicht, um sich zu schützen, während der Berg mit all seiner Macht auf ihn zu rauschte. Doch er wusste, dass es nichts mehr gab, was er tun konnte.

Schweißgebadet wachte Theobald auf. Sein Atem ging schwer und hektisch. Er stand auf und stürmte ins Bad. Mit beiden Händen schlug er sich Wasser ins Gesicht. Er schaute noch eine Weile in den Zuber, bis sich seine Atmung beruhigt hatte. Er ging zur Tür und schaute in den leicht erhellten Raum. Elias schien nichts mitbekommen zu haben und schlief seelenruhig. Theobald ging rüber zu seiner Tasche und holte seine Zigaretten raus. Dann verließ er das Zimmer und ging nach draußen in den Innenhof, wo er sich auf eine Bank setzte. Er kramte ein Feuerzeug aus seiner Hosentasche. Er hatte Schwierigkeiten, es zu benutzen, da seine Hände durch den Schock stark zitterten. Er nahm einige Züge und starrte auf den Boden. Er wollte einfach nur weg. Weg von hier, weg von dem Auftrag.

„Egal, was mir der Fuchs bietet, das ist es nicht wert", dachte sich Theobald.

Mit der Zeit fing er an, sich zu beruhigen. Das Zittern wurde weniger und er atmete tief durch. Er lehnte sich zurück und schaute in den Innenhof, der im Schatten der Morgensonne lag. Dieser war schön begrünt. An den Seiten standen einige Beete, in denen Gemüse und Kräuter wuchsen. In der Mitte war ein Brunnen. Theobald hörte das Zwitschern der Vögel und die Köche, die sich in der Küche auf die Arbeit vorbereiteten. Während er in den Hof schaute, dachte er darüber nach, einfach seinen Sachen zu holen und abzuhauen.

„Scheiß auf die anderen", sagte Theobald zu sich selbst, während er die Steine auf dem Boden mit seinem Schuh zur Seite schob. Er wollte nichts anderes, als den Krieg und dessen Schrecken hinter sich zu lassen. Doch gerade dann, als er ein neues Leben anfangen wollte, wurde er in seine Hölle zurückgezerrt. Er wusste, wenn er abhauen würde, würde der Fuchs nach ihm suchen und er wäre ständig auf der Flucht. Dies schien Theobald aber eine bessere Alternative zu sein, als mit der Gruppe weiter nach den Steinen zu suchen. Er wusste, er würde seinen Eid gegenüber Elias brechen, doch lieber wäre ein ehrloser statt eines toten Manns.

Neben Theobald ging die Tür zum Gasthaus auf. Ein großer Mann trat heraus. Es war Alva. In seiner rechten und linken Hand trug er jeweils einen Eimer. Er schien Theobald nicht zu bemerken und dieser versuchte, keine Aufmerksamkeit zu erregen. Alva ging zielstrebig auf den Brunnen zu. Das rostige Klappern der Winde hallte durch den Hof. Als auch der zweite Eimer mit Wasser gefüllt war, drehte er sich zur Tür. Dort erkannte er Theobald, der erschöpft auf der Bank saß.

„Was? Schon so früh wach?", fragte Alva und ging auf Theobald zu. Dieser sagte nichts und nickte nur leicht.

„Was ist los? Hat ein Wolf deine Zunge gefressen?", fragte er Theobald.

Dieser schüttelte leicht Kopf und starrte in den Hof.

Alva erblickte die Zigarette, die Theobald in der Hand hielt. „Du solltest wirklich nicht rauchen. Der Körper eines Kriegers muss rein und ohne Makel sein, um sich im Kampf zu beweisen", sagte Alva mit stolz geschwellter Brust, „Erwartet hätte ich es aber bei dir eh nicht", fuhr er fort und ging zurück ins Haus.

Theobald blieb noch eine Weile sitzen und starrte mit erschöpftem Blick in die Gegend.

Zum Frühstück fand sich die Gruppe in der Gaststube ein. Die Schäden der gestrigen Schlägerei waren so gut wie verschwunden. Theobald kaute auf seinem Brot herum und beteiligte sich nicht an den Gesprächen der anderen. Richard stieß als Letzter zur Gruppe.

„Morgen zusammen. Wir haben eine kleine Planänderung", sagte er, „Eure gestrige Eskapade hat eine Menge Schaden verursacht. Ich habe mich mit dem Besitzer unterhalten. Er ist gewillt, uns den Schaden nicht in Rechnung zu stellen, wenn wir für ihn einige Arbeiten verrichten, und mit ‚wir' meine ich euch beide." Er deutete auf Alva und Theobald.

„Warum wir?", fragte Theobald.

„Erstens, weil ihr beide angefangen habt, und zweitens, weil ich es sage. Kapiert?", brummte Richard.

Theobald wollte etwas dagegen sagen, doch Elias hielt ihn ab.

„Was sollen wir denn tun?", fragte Alva.

„Der Gasthof braucht wieder Feuerholz für die Öfen. Der Lieferant kann aber keins schicken, da er zu wenig Personal zur Verfügung hat", Richard fuhr fort, „Ihr beide nehmt den Karren vom Wirt und holt es. Verstanden?"

Alva nickte. Theobald seufzte und stimmte zu.

Nachdem alle fertig waren, machten sich Theobald und Alva auf den Weg. Während der Hinfahrt redeten die beiden nicht miteinander. Als sie beim Holzfäller ankamen, wandte sich Alva an Theobald. „Du redest mit dem Holzfäller, klar?", sagte er.

„Warum ich?", fragte der Theobald.

„Du bist der Bücherwurm. Du kennst dich besser mit Worten aus", entgegnete Alva.

Theobald verdrehte die Augen und ging zum Holzfäller, der vor einer Hütte stand.

„Guten Tag. Wir sind hier, um das Brennholz für den Gasthof in Rutgen zu holen", sagte Theobald.

„Das Brennholz abholen? Das ist noch nicht mal fertig gespalten", sagte der Holzfäller.

„Toll. Was sollen wir jetzt machen?", fragte Theobald ihn.

Der Holzfäller schaute zu ihm und Alva. „Ihr zwei seht so aus, als wärt ihr stark genug, um es selbst zu machen", sagte er.

„Was? So viel Zeit haben wir nicht", sagte Theobald.

Der Mann lachte. „Wenn ihr euch beeilt, dann werdet ihr vor der Abenddämmerung noch fertig", sagte er.

Theobald dachte nach. Auf der einen Seite fand er es unnötig, das Holz selber zu spalten. Auf der anderen Seite wollte er aber nicht wieder den Zorn von Richard auf sich ziehen. Widerwillig stimmte er dem Holzfäller zu. Dieser zeigte Alva und ihm, wo das Holz gelagert war. Ohne lang zu warten, fingen die beiden an.

Die Arbeit war hart und mühsam. Der einzige Vorteil war, dass sie im Wald hacken konnten. Dort war es ein wenig kühler und sie mussten nicht in der prallen Sonne stehen. Theobald wischte sich den Schweiß von der Stirn. Er warf einen Blick auf die Arbeit, die noch zu verrichten war. Sie hatten den Vormittag einiges weggearbeitet, dennoch war noch eine Menge Holz da. Theobald schüttelte den Kopf. Die Arbeit fühlte sich immer mehr wie eine Strafe an. Er und Alva wollten Lilly bloß helfen. Er fand es ungerecht, dafür jetzt Holz hacken zu müssen. Theobald sah rüber zu Alva. Dieser rammte die Axt regelrecht ins Holz. Er hatte ihn nie wirklich genau beobachtet. Alva hatte einen Vollbart. Dieser war die einzige Behaarung, die er am Kopf hatte. Er war ein gut gebauter Mann mit breiten Schultern. An den muskulösen Armen erkannte Theobald eine Vielzahl an Narben, die sich auch über seine Brust zogen.

Theobald legte die Axt zur Seite und setzte sich auf den Hackstock.

„Dir geht jetzt schon die Puste aus?", rief Alva rüber zu ihm.

„Wir hacken schon den ganzen Vormittag. Ich glaub', ich hab' mir etwas Ruhe verdient", entgegnete Theobald.

„Ausruhen können wir uns später, wenn wir wieder im Gasthaus sind. Je schneller wir fertig werden, umso besser", sagte Alva.

„Was hast du es denn so eilig? Ich dachte, die Steine zu suchen, wäre nichts für dich", sagte Theobald.

„Mir gehen die Steine am Arsch vorbei. Je schneller wir fertig sind, umso schneller bin ich dich los", schnaubte Alva.

Theobald wurde wütend. Er hatte langsam genug davon, dass ihn die anderen wie Dreck behandelten.

„Rede nur streng daher. Ich hab' keine Angst vor dir", sagte er.

Alva lachte. „Was willst du Zwerg machen? Den Aufstand proben?", fragte er.

„Du kannst gern so provokant daherreden, wie du willst. Am Ende bist du eh nichts anderes als die Marionette des Fuchses und des Reiches", schimpfte Theobald.

Alva rammte seine Axt in den Hackstock und ballte seine Faust.

„Wag es ja nicht, mit mir so zu reden", brummte er.

„Und warum? Glaubst du etwa, nur du und die anderen könnt so einfach über mich herziehen? Ich hab' die Leute gesehen, die für den Norden kämpfen. Ihr habt gedacht, wenn ihr in dem Bürgerkrieg gegen den Kaiser kämpft, gewinnt ihr eure Unabhängigkeit", Theobald ging auf Alva zu, „doch am Ende kniet ihr genauso vor seiner Schwester wie vor ihm."

Wutentbrannt griff Alva nach Theobald und packte ihn an seinem Hemd.

„Du kleiner Pisser denkst wohl, du bist der Schlauste, was? Du bist nur ein kleiner … unbedeutender … Wicht. Der keine Eier in der Hose hat. Dich zu zermalmen, wäre eine Leichtigkeit für mich", schrie er.

Theobald kochte. Er hatte genug gehört. Er holte aus und schlug Alva ins Gesicht. Dieser ließ ihn fallen. Theobald saß auf dem Boden. Schwer atmend schaute er auf Alva, der wie ein Riese vor ihm stand. Er griff sich an die Nase und schaute auf seine Finger, an denen Blut war. Er fühlte die Fläche ab und schaute runter auf seinen Kontrahenten. Theobald schaute ihn an. Er war bereit zum Kampf. Bereit, Alva alles entgegenzusetzten, was er hatte. Dieser sah ihn an.

„Du bist mir die Zeit nicht wert", sagte Alva und spuckte vor Theobalds Füße.

Er wischte das Blut an seiner Hose ab und ging zurück zu seinem Hackstock. Er nahm die Axt und fing an, weiter zu hacken. Theobald stand auf. Sein Herz raste. Er wollte diese Sache mit Alva ein für alle Mal klären. Doch etwas in ihm hinderte ihn daran. Auf der einen Seite wollte er sich mit ihm prügeln. Auf der anderen Seite aber wusste er, dass er keine Chance gegen ihn hatte. Zudem würde es nur mehr Probleme mit Richard verursachen. Theobald hatte schon genug Schwierigkeiten mit ihm. Er ging zurück zum Hackstock und machte sich an die Arbeit.

Es war später Nachmittag, als die beiden die Arbeit beendeten. Sie beluden den Wagen, verabschiedeten sich vom Holzfäller und machten sich auf den Weg nach Rutgen.

Theobald schaute zu Alva rüber. Sein Gewissen plagte ihn. Während des Holzhackens hatte er genug Zeit über das, was er getan hatte, nachzudenken. Schließlich war Alva genauso wenig davon begeistert, die Steine zu holen, wie er.

Er atmete tief ein. „Hör mal. Tut mir leid wegen vorhin. Ich hab' ein wenig die Kontrolle verloren. Ich wollte dich nicht verletzen."

„Lass stecken", sagte Alva und machte eine Handbewegung.

„Ich kann verstehen, dass du bei der Sache nicht mitmachen willst. Geschweige denn mit mir zusammenzuarbeiten", sagte Theobald.

„So, glaubst du das", sagte Alva.

„Ich meine, ich hab' für den Kaiser gearbeitet. Während des Krieges wurdet ihr ganz schön unterdrückt. Ich kann verstehen, warum du mich hasst", sagte Theobald.

„Ich hasse dich nicht, weil du für diesen Schwachmaten gearbeitet hast. Es liegt eher daran, dass du bei den Adlern warst", erklärte Alva.

„Verstehe, das mit den...", wollte Theobald weiterreden. Da unterbrach ihn Alva.

„Du verstehst gar nichts. Du weißt nicht, was deinesgleichen mir angetan hat", schimpfte Alva.

Theobald erschrak.

„Ich brauch' kein Mitleid, vor allem nicht deins", schnaubte Alva, „Schließlich waren es deine Leute, die dafür verantwortlich sind."

„Verantwortlich für was?", fragte Theobald.

„Für den Tod meines kleinen Bruders", sagte Alva kühl.

„Was meinst du? Ich dachte, im Kampf zu sterben, gilt doch als ehrbar bei euch im Norden", sagte Theobald.

„Er ist aber nicht im Kampf gestorben", sagte Alva mit ernster Stimme, „Er wurde einfach hingerichtet."

Theobald sah erschrocken zu ihm rüber. „Was?", fragte er.

„Als der Krieg begann, hat sich der Norden ganz klar gegen den Kaiser gestellt. Wir wussten, dass sie die reichen Erzvorkommen aus dem Norden brauchten, also wehrten wir uns gegen sie. Der Kaiser und seine Schergen konnten das aber nicht akzeptieren. Er schickte die Roten Adler in die Dörfer und gab den Befehl, dort jeden dritten Mann hinzurichten. Ich erinnere mich an den Tag, als sie in unser Dorf kamen. Es war der erste Tag im Jahr, an dem der Schnee fiel. Sie gingen von Haus zu Haus und zerrten Männer und Kinder aus den Häusern. Wer sich wehrte, wurde sofort getötet, egal ob weiblich oder männlich. Sie traten unsere Haustür ein. Meine Mutter hielt meinen Bruder schützend in den Armen, ich stand daneben, bereit meine Familie zu verteidigen. Ein Offizier trat ein. Ich sehe heute noch klar seine Uniform und sein Gesicht vor mir. Er gab seinen Männern den Befehl, mich und meinen Bruder zu ergreifen. Meine Mutter wehrte sich, doch sie rissen meinen Bruder aus ihrer Hand. Ich wollte ihr helfen, doch einer von ihnen schlug mir den Schaft seines Gewehres ins Gesicht. Der Offizier musterte uns genau.

Dann sagte er zu seinen Männern, dass sie meinen Bruder rausschaffen sollen. Meine Mutter schrie und wollte ihnen hinterher, doch die Soldaten hielten sie auf. Ich versuchte, mich aus dem Griff zu befreien, konnte aber nicht. Dann hörte ich einen Knall. Ich trat dem Soldaten, der mich fest hielt, ins Knie, sodass er mich losließ. Ich stürmte nach draußen. Ich sah meinen Bruder, der mit Gesicht nach unten lag. Unter ihm bildete sich eine Blutlache. Ich sah zum Offizier und sah, wie aus seiner Pistole Rauch stieg. Ich wollte ihm an die Gurgel gehen, doch der Soldat, der mich festgehalten hatte, war mir nachgerannt und richtete sein Gewehr auf mich. Der Offizier hielt ihn auf und sah mich an und grinste. Dann sagte er: „Wir sind hier fertig", und gab seinen Männern den Befehl abzuziehen. Meine Mutter war währenddessen aus dem Haus gelaufen und lief zur Leiche meines Bruders. Sie hielt ihn in ihren Armen und weinte, während der Schnee auf sie fiel. Ich stand da. Geschockt und mit dem Gefühl der Schuld, nicht genug dagegen getan zu haben."

Theobald schaute ihn entsetzt an. „Wie alt war dein Bruder", fragte er ihn.

„Er war gerade einmal neun", antwortet Alva.

„War dein Vater nicht bei euch?", fragte Theobald.

„Mein Vater war schon gestorben, bevor der Krieg anfing. Es gab nur mich, meine Mutter und meinen Bruder. Da ich der letzte Mann in der Familie bin, ist es meine Aufgabe, den Tod meines Bruders zu rächen", sagte Alva und ballte seine Faust.

Theobald verstummte. Ihm wurde schlecht, daran zu denken, was er gerade gehört hatte. Er wollte Alva trösten, doch er merkte, dass dieser keinen Trost suchte.

Bis sie in der Stadt ankamen, sagte keiner der beiden etwas. Als sie am Gasthof ankamen, stellten sie den Karren unter dem Torbogen am Gasthof ab. Der Besitzer des Gasthofes bedanke sich bei ihnen. Alva ging zur Tür Gasthofes und ging hinein. Theobald stand noch eine Weile vor der Tür. Er holte sich eine Zigarette aus der Tasche und zündete sie an.

Kapitel 8

Die Kämpfer der Republik

Das Klappern von Hufen drang an Theobalds Ohr. Er sah von seinem Buch hoch, streckte seinen Kopf aus dem offenen Fenster der Kutsche und blickte hinab auf die Pflastersteine. Sie waren nun wieder auf der Hauptstraße, was bedeutete, dass sie nicht mehr über die Schleichwege zu ihrem Ziel fahren mussten. Da die Hauptstraße hinter Rutgen repariert wurde, war der Gruppe nichts anderes übriggeblieben, als einen mühsamen Umweg zu nehmen, der zwischen den Dörfern der Gegend verlief. Da halfen es ihnen nicht, dass ein Unwetter aufzog und sie die Kutsche mehrmals aus dem Schlamm ziehen mussten, was viel Zeit und Kraft kostete. Dass sie nun auf gepflastertem Boden fuhren, bedeutete für Theobald, dass die Reise nun wieder etwas einfacher verlaufen würde. Oder so hoffte er zumindest. Obwohl er sich immer mehr und mehr der Gruppe annäherte, vertrauten sie ihm noch nicht ganz. Theobald dachte über die Geschichten nach, die ihm Lilly und Alva erzählt hatten. Er verstand, warum sie ihm gegenüber so misstrauisch waren, und er wusste, wenn er nicht so wichtig für den Fuchs wäre, dann hätten ihn die beiden schon längst getötet. Es kam ihm der Gedanke an die Belohnungen, die die beiden vom Fuchs erhalten würden. Er lehnte sich gegen die Tür und blickte in die Kutsche. Lilly hatte ihre Beine auf den Sitz gegenüber getan und schlief. Richard tat es ihr gleich. Theobald schaute zu ihr und dachte weiter über die Belohnungen nach.

„Alva und Lilly wollen Rache. Die beiden werden wohl die Möglichkeit bekommen, den Tod ihrer Liebsten zu rächen, wenn der Auftrag fertig ist", dachte er. Aber was war mit ihm?

Theobald nahm Platz und grübelte über seine Belohnung nach. Etwas, was nur er ihm geben könnte. Aber was könnte das sein? Das Einzige, was Theobald wollte, war es, dass er den Krieg endlich hinter sich lassen konnte und sein Leben wieder da weiterging, wo es aufgehört hatte. Er konnte sich aber nicht vorstellen, dass der Fuchs in der Lage war, ihm diesen Traum zu erfüllen.

„Es sein denn …", Theobald erschrak, „Es sei denn, er lässt mich am Ende töten."

Der Gedanke nistete sich schnell in seinem Kopf ein. Es fing für ihn an, Sinn zu machen. Alva und Lilly würden ihre Rache bekommen, das Geheimnis der Steine wäre für immer sicher und alle Spuren verwischt. Und er wäre von seinem Leid befreit. Theobald schüttelte den Kopf. Nein, das konnte es nicht sein. Oder vielleicht doch? Da streckte sich Lilly und wachte auf.

„Alles klar bei dir?", fragte sie Theobald.

„Ja. Warum fragst du?", antwortete er etwas nervös.

„Na, du siehst so aus, als ob du einen Geist gesehen hättest", antwortete sie.

„Ne, ne. Hab' bloß ein wenig nachgedacht", stotterte Theobald ein wenig.

„Aha", sagte sie und tastete ihre Bluse ab, „Mann, ist das heiß heute." Sie fing an, sich mit der Hand Wind zuzuwehen.

„Kann ich dich was fragen", fragte Theobald.

„Mhm", sagte Lilly und fing an, ihre vollgeschwitzte Bluse auszuziehen.

Theobald verstummte für den Moment. Er hatte nicht damit gerechnet, dass sie sich vor ihm die Bluse ausziehen würde. Sie legte das Kleidungsstück zur Seite und fing an, in der Gepäckablage herumzukramen. Er war überrascht davon, dass sie sich ohne Hemmungen vor ihm umzog.

„Was willst du denn wissen?", fragte sie den verwirrten Theobald.

„Ähm… Oh, ja genau. Was hat dir der Fuchs für eine Belohnung versprochen?", stammelte er wenig.

„Was für eine Belohnung?" Sie redete in die Gepäckablage, dann holte sie ein neues Hemd hervor. „Er hat mir versprochen, mir dabei zu helfen, den Orden wieder aufzubauen", antwortete sie und zog sich an.

„Den Orden wieder aufbauen? Wie soll man das verstehen?", fragte Theobald überrascht.

„Nachdem die Burg zerstört wurde, sind die Mitglieder des Orderns in verschiedene Gegenden gegangen. Haben sich der Armee angeschlossen oder versucht, irgendwo ein neues Leben anzufangen. Der Fuchs hat mir versprochen, dass er mir dabei hilft, meine alten Ordensbrüder und -schwestern ausfindig zu machen, sodass wir den Orden wieder ins Leben rufen können", antwortete sie.

„Echt? Das hätte ich mir nicht gedacht", sagte Theobald.

„Was dachtest du, was ich bekomme?", fragte sie ihn.

„Ich dachte, du bekommst die Namen von Menschen, die deinen Orden zerstört haben", sagte er.

Lilly warf ihre blonden Haare nach hinten. „Ich bin zwar immer noch nach Rache aus, aber die Soldaten des Kaisers aus dem Westen des Reiches zu vertreiben, war schon eine Genugtuung. Zudem hab' ich schon einige Drahtzieher getötet. Die Einzigen, die noch übrig sind, sind der ehemalige Kriegsminister und seine sieben Hauptmarschälle", sagte sie.

„Was genau hast du im Krieg gemacht?", fragte Theobald.

„Ich war Attentäterin", antwortete Lilly.

Theobald schmunzelte leicht.

„Ich weiß, was du denkst. Ritter arbeiten nicht aus dem Schatten heraus, sondern stellen sich dem Feind direkt im Zweikampf. Als der Orden zerstört wurde, hab' ich mich der Armee angeschlossen. Dort hat man mich zur Attentäterin ausgebildet. Ich lernte, wie man sich auf offenem Feld tarnt und sich problemlos in Menschenmassen mischt, sodass man nicht auffällt." Lilly lächelte. „Plus, bei mir bekamen die Männer immer weiche Knie", sagte sie und setzte einen verspielten Gesichtsausdruck auf.

Sie lehnte sich zu Theobald. „Und du kannst es nicht leugnen. Ich weiß, dass du mich genau beobachtet hast, als ich mich umgezogen habe", flüsterte sie in sein Ohr.

Sie lehnte sich zurück in ihren Sitz und setzte ein Grinsen auf. Theobald schüttelte den Kopf, verdrehte die Augen und wandte seinen Blick dem Fenster zu. Er fand es albern, wie sie versuchte, mit ihm zu spielen. Anderseits konnte er nicht abstreiten, dass das, was er gesehen hatte, ihm auch gefiel.

Nach einer kurzen Rast fuhr die Kutsche weiter in Richtung ihres Ziels. Weit war es nicht mehr. Die Bergkette, in der das Dorf lag, war bereits in Sichtweite.

Theobald wandte sich Richard zu, der ein Buch las. „Sag mal, was ist deine Geschichte?", fragte er.

Richard schaute zu ihm auf. „Was meinst du bitte mit Geschichte?", fragte er.

„Na, deine Lebensgeschichte", antwortete Theobald.

„Meine Lebensgeschichte ist nicht so wichtig", antwortete Richard kühl und las weiter.

„Erzähl mal. Wie bist du zur Einheit gekommen? Was hast du im Krieg gemacht?", fragte Theobald.

Richard schaute weiter in sein Buch. „Ist dir so langweilig, dass du versuchst, ein Gespräch anzufangen?", entgegnete er.

„Ich bin nur neugierig. Die anderen haben mir ihre Geschichte auch erzählt", sagte Theobald.

„Er ist Beamter. Da gibt's nichts Besonderes zu erzählen", mischte sich Lilly ein.

Richard schloss sein Buch. „Ich bin an den kaiserlichen Hof gegangen. Hab' mich angestrengt und mich hochgearbeitet und jetzt bin ich hier. Mehr gibt es hierzu nicht zu erzählen", sagte Richard.

„Sagte ich doch", sagte Lilly und biss in einen Apfel.

„Man erreicht nicht alles durch Gewalt", entgegnete Richard und wandte sich Lilly zu.

„Da ist doch mehr dahinter. Du arbeitest für den Fuchs, so eine Arbeit bekommt man nicht einfach durch harte Arbeit", hakte Theobald nach.

„Ich glaube, du sprichst der Gruppe zu viel Kompetenz zu. Ich bin nicht der Anführer einer Spezialeinheit. Meine Aufgabe ist es, dafür zu sorgen, dass du nicht draufgehst, und gemessen daran, was in den letzten Tagen passiert ist, ist das schwieriger als erwartet", sagte Richard.

Theobald und Lilly schauten sich an. „Wieso hat dich der Fuchs ausgewählt?", fragte er sie.

Lilly zuckte mit den Schultern.

Richard öffnete sein Buch. „Weil die besten Soldaten, die dem Fuchs zur Verfügung stehen, hinter den wichtigsten Leuten des ehemaligen Kriegsministers her sind", sagte er, „Und für einen Babysitter braucht man keine Spezialisten."

„Ich glaub', ich hör' nicht recht", schrie Lilly durch die Kutsche.

„Es gibt Besseres", sagte Richard hochnäsig, „Das hätte ich mir erhofft."

„Ach, so einer bist du. Hätt' ich mir denken können", giftete Lilly Richard an, „Ein Beamter, dem nichts wichtiger ist als seine Beförderung und wir sind für den werten Herr nur Mittel zum Zweck. Muss schon lästig sein, der Chef von Babysittern zu sein. Ich frag' mich, was das über deine vorherigen Leistungen am Hof aussagt."

Richard warf ihr einen bösen Blick zu.

„Solchen Leuten ist das Leben der anderen egal." Lilly schaute zu Theobald. „In meiner Heimat gab's mehr als genug davon."

Richard wollte gerade etwas sagen, da blieb die Kutsche ruckartig stehen.

„Richard, kommst du mal?", hörte man Elias, der die Kutsche lenkte, rufen.

„Was ist denn jetzt schon wieder?", flüsterte Richard genervt und stieg aus der Kutsche.

Lilly und Theobald folgten ihm.

Theobald ging die Kutsche entlang, dicht hinter Richard und Lilly. Er sah zu Alva hoch, der auch auf dem Kutschbock saß. Er hielt eine Kriegsaxt in der Hand. Auch sein Mitfahrer hatte seine Hand am Schwert.

„Du solltest dich lieber bewaffnen", sagte Alva zu Theobald.

Dieser ging aber vor zu den anderen, um zu sehen, was vor sich ging.

Vor der Kutsche stand eine Gruppe Männer, die alle unterschiedliche Uniformen trugen. Er erkannte die Uniformen, die von den Soldaten des Kaisers getragen wurden, und die, die zu der Armee der Kaiserin gehörten. In ihren Händen hielten sie alle Gewehre, die etwas verrostet und beschädigt aussahen. Ein Mann stach besonders hervor. Neben seiner Uniform trug er eine rote Schärpe.

Theobald wusste, wer diese Männer waren. Sie gehörten zu einer Gruppe aus Deserteuren, die sich während des Krieges zusammengetan hatten, um für das Ende der Monarchie zu kämpfen. Sie nannten sich selbst „Kämpfer der Republik". Ihm gefiel die Idee, die sie vertraten. Dem Volk mehr Stimme zu geben und es wählen lassen. Mitentscheiden zu dürfen, wie das Land regiert wird, das waren alles Dinge, die er unterstützte. Vor den anderen aber hielt er sich damit zurück. Durch sie hatte er erfahren, dass sich viele der ehemaligen Mitglieder der Armee des Kaisers und des Rates den Kämpfern angeschlossen hatten, in der Hoffnung, an der Macht zu bleiben und ihrer gerechten Strafe zu entgehen. Daher verstand er, warum sie der Gruppe gegenüber so feindselig waren. Ein anderer Teil von ihm aber glaubte daran, dass sie womöglich versuchten, den Status Quo zu halten, sodass das Land weiterhin von einem Monarchen regiert wurde.

„Was wollt ihr?", fragte Richard in einem groben Ton.

„Dieser Weg ist Eigentum der ildranischen Republik. Wenn ihr durchwollt, müsst ihr Wegezoll zahlen", sagte der Mann mit der Schärpe.

„Den Teufel werden wir tun. Dieser Abschnitt gehört, wie der Rest des Reiches, der Kaiserin", schimpfte Richard.

„Elisabeth hat hier keine Macht. Dieses Land gehört dem Volk und nicht der kriegerischen Monarchie", sagte der Mann mit stolzgeschwellter Brust.

Richard ging einen Schritt näher auf ihn zu. „Ihr seid lästiges, verräterisches Gesindel. Euer Aufstand schadet dem Land mehr, als dass er ihm hilft", schimpfte er.

„Wir und dem Land schaden?", rief einer aus der Menge, „Dieser Geschwisterstreit am Kaiserhof hat doch dieses Leid erst verursacht. Wir wollen dafür sorgen, dass dies nie wieder passiert."

„Ihr mischt euch hier in wichtige Angelegenheiten ein. Es wäre schlau von euch, Platz zu machen und uns durchzulassen", drohte Richard.

„Lassen wir das Hin-und-her-Gerede. Die hauen wir zu Hack und dann können wir weiter", grölte Alva.

„Dann kämpfen wir darum", sagte der Hauptmann der Republik.

„Dann kommt, ihr Abschaum", schrie Alva.

Da funkte Theobald dazwischen. „Das bringt doch nichts", sagte er und wandte sich den Kämpfern der Republik zu, „Wollt ihr wirklich dafür euer Leben lassen?"

„Wir sterben für das Wohl des Landes und des Volkes", rief einer aus der Menge.

„Das tut ihr nicht", sagte Theobald, „Ihr seid alle Soldaten. Diesen Satz haben euch die Generäle und Offizier so oft eingetrichtert, aber ihr wisst, dass das nicht stimmt. Wenn ihr lebt, erreicht ihr mehr, als wenn ihr tot seid."

„Wir sind in der Überzahl", sagte einer aus der Menge.

„Ja, das stimmt, aber mit dem leg' ich mich nicht an", sagte einer der Männer, die in der vordersten Reihe stand. Er nahm sein Gewehr runter.

„Hä? Warum das denn?", fragte der Mann neben ihm.

„Erkennst du den nicht? Das ist Theobald Wolf, Träger des kaiserlichen Protektorats", antwortet der andere.

„Du meinst ... Er ist der Held vom Blutberg?", fragte ein weiterer.

Alle sahen zu Theobald. Dieser nickte zögerlich.

„Dann tötet ihn. Er ist ein Überbleibsel kaiserlicher Repression", schrie der Anführer.

„Nie im Leben", sagte der Mann, „Der Kerl ist durch die Hölle gegangen und kam zurück. Wenn er sagt, dass es keinen Sinn hat, dafür zu sterben, dann glaub ich ihm das."

Die Gruppe stimmte ihm zu.

„Sieht so aus, als ob dein Trupp sich gegen deine Entscheidung stellt. Ihr seid ja eine Republik, das heißt, die Mehrheit gewinnt", sagte Richard arrogant.

Der Anführer brummte. „Na schön, dann dürft ihr passieren", sagte er.

Die Gruppe ging zur Seite. Richard und Lilly gingen zurück zur Kutsche. Theobald machte eine bedankende Geste und folgte ihnen.

Als er Platz nahm, setzte sich die Kutsche in Bewegung.

„Du bist bitte was, Theo?", fragte Lilly laut durch die Kutsche, „Der Held vom Blutberg?"

„Nicht der Held. Einer von ihnen", sagte Theobald etwas leise.

„Und du trägst das kaiserliche Protektorat?", fragte sie, „Warum hast du nie davon erzählt?"

„Wann denn? Ihr wart die meiste Zeit damit beschäftigt, mich niederzumachen und zu beleidigen", sagte Theobald.

„Ja, aber … erzähl mal. Wie kam's dazu?", fragte Lilly neugierig.

„Ich erzähl' es später, wenn wir in der nächsten Ortschaft rasten", sagte Theobald und grinste.

„Wieso, geht doch jetzt auch", sagte Lilly.

„Später", sagte Theobald. Sie gab ein genervtes Seufzen von sich.

Gegen Abend fand sich die Gruppe in einer Taverne ein. Eine Bedienung brachte Krüge und eine Platte mit Essen darauf. Lilly war ganz ungeduldig und wippte mit dem Stuhl.

„Hab' ich euch schon mal die Geschichte vom Hemmsberger Wald erzählt? Stellt euch vor, ich und die anderen…", wollte Elias gerade anfangen zu erzählen, da fiel ihm Lilly ins Wort.

„Das will jetzt keiner wissen. Ich will die Geschichte von Theobald hören", sagte Lilly ganz nervös.

Elias sah sie etwas gekränkt an.

„Tut mir echt leid Eli, aber ich warte die ganze Zeit darauf zu hören, was es mit ihm und dem Blutberg auf sich hat", vertröstete sie Elias.

„So spannend ist das jetzt auch nicht", sagte Theobald.

„Würd' ich jetzt nicht sagen", sagte Elias, „Mich würd's auch interessieren."

„Was wollt ihr überhaupt wissen?", fragte Theobald.

„Fangen wir doch am Anfang an", sagte Elias.

„Na gut", antwortete Theobald und begann zu erzählen.

Kapitel 9

Der Soldat des Kaisers

Theobald stand in seinem Zimmer und betrachtete sich im Spiegel. Die dunkelgraue Uniform, die man ihm gegeben hatte, war etwas zu groß für ihn. Er krempelte die Ärmel hoch, wodurch die blauen Streifen am Ende verdeckt wurden. Er blickte noch eine Weile auf das Spiegelbild. Sich in der Uniform des Kaisers zu sehen, gab ihm ein mulmiges Gefühl. Er wollte nicht am Kriegsgeschehen teilnehmen. Doch kaum, dass er achtzehn geworden war, wurde er gemustert und als wehrfähig eingestuft. Er hoffte darauf, dass es dazu nicht kommen würde, doch er wusste, dass dies nur Wunschdenken war. Theobald seufzte und setzte seine Kappe auf. Er nahm seinen Rucksack und ging runter in das Wohnzimmer, wo seine Großeltern saßen. Er versuchte mit aller Kraft, sich das Weinen zu verkneifen. Er wollte seine Großeltern nicht alleine lassen, vor allem nicht in dem Zustand, in dem sie sich befanden.

Sie waren das Einzige, was von seiner Familie in der Heimat übriggeblieben war. Seine Eltern sowie sein Bruder hatten zusammen mit einigen anderen Bewohnern das Dorf verlassen, als sich die Region dazu entschied, den Kaiser zu unterstützen. Theobald aber war geblieben. Nicht weil er den Kaiser schätzte, sondern weil er seine kranken Großeltern nicht alleine zurücklassen wollte.

Sein Großvater versuchte aufzustehen. „Ach, Opa, bleib doch sitzen. Ich kann dir auch so eine Umarmung geben", sagte Theobald.

„Wenn ich mich schon von dir verabschiede, dann will ich das auch richtig machen", sagte der Großvater und stütze sich auf der Lehne ab.

Theobald ging zu ihm rüber und half ihm auf. Kaum dass dieser stand, umarmte er seinen Enkel. „Ach, mein Junge. Ich wünschte, das wäre alles ganz anders und du würdest bleiben", sagte er und hielt Theobald fest im Arm.

Diesem fiel es schwer, etwas zu sagen. Seine Angst und Trauer steckten ihm im Hals.

Sein Großvater löste die Umarmung und schaute ihn an. „Bevor du gehst, möchte ich dir etwas geben", sagte er und holte aus seiner Tasche eine alte Taschenuhr hervor, „Ich will, dass du sie hast." Er drückte die Uhr in Theobalds Hand, der ihn verwundert anschaute.

„Bist du dir sicher?", fragte er.

Sein Großvater nickte. „Mein Junge. Du wirst Dinge sehen, die niemand von uns je zuvor gesehen hat. Dinge erleben, die dich für immer verfolgen werden. Aber selbst in diesen dunkeln Stunden soll dich die Uhr daran erinnern, dass es einen Ort gibt, an den du immer zurückkannst, der fern von all dem Schrecken der Welt ist", sagte er.

Theobald blickte eine Weile auf die Uhr. „Danke, Opa", sagte er und steckte sie in die Tasche.

„Und denk daran, Junge. Wenn wir uns wiedersehen, wird die ganze Sache vorbei sein", sagte sein Großvater und setzte sich wieder hin.

Er gab seiner Großmutter eine Umarmung und einen Kuss auf die Wange, bevor er das Haus verließ und zum Dorfplatz ging. Dort standen einige junge Männer, die, so wie er, ihren Dienst antraten. Um die Gruppe herum standen einige Leute aus dem Dorf, um sich zu verabschieden. Theobald stellte sich zu den Männern. Obwohl er mitten unter Bekannten war, fühlte er sich alleine. Die Frau des Schmieds kam auf ihn zu.

„Mach dir keine Sorgen. Wir werden auf deine Großeltern achtgeben", sagte sie.

Ihre Worte füllten Theobald mit Hoffnung.

Ein Konvoi mit Lastwagen fuhr auf den Platz. Ein Mann in Offiziersuniform stieg aus und holte ein Buch hervor. Er las die Namen der Männer vor und verteilte sie auf die Wagen. Nachdem alle verteilt waren, setzte sich der Konvoi in Bewegung. Theobald schaute aus dem Lastwagen in Richtung des Dorfes, wo die Bewohner mit bunten Tüchern zum Abschied winkten. Er schaute ihnen eine Weile nach, bis das Dorf hinter der Kuppe verschwanden. Die ganze Zeit über hielt er die Uhr fest in der Hand und fragte sich, wann und ob er jemals wieder in die Heimat zurückkehren würde.

Die ersten Monate seines Dienstes verbrachte er im Trainingslager, bis er an die Front geschickt wurde. Dort dauerte es nicht lange, bis er an seiner ersten Schlacht teilnahm.

In Reih und Glied stand er, zusammen mit den anderen Soldaten, im Graben und wartete auf das Signal zum Angriff. Er konnte spüren, wie aufgeladen die Luft um ihn war. Er blickte ein wenig über die Wand des Grabens auf das Schlachtfeld und sah eine weiße Wand aus dichtem Rauch, die sich auf dem Feld bildete. Die Veteranen nannten diese Wände auch die „Wand des Richters", in der entschieden wurde, ob man lebte oder starb. Da ertönte die Pfeife, die den Angriff einleitete. Die Männer stürmten grölend aus dem Graben auf das Feld. Theobald folgte ihnen. Sie liefen über den matschigen Boden, bis sie in der Rauchwand waren. Theobald sah kaum etwas. Er hörte das Maschinengewehr, das blind in die Wand feuerte. Die Kugeln flogen an ihm vorbei. Er konnte hören, wie die ein oder andere Kugel einen Soldaten traf, der schreiend zu Boden ging. Theobald packte die Angst. Er wollte umdrehen und weglaufen, doch eine unsichtbare Macht schien ihn weiter nach vorne zu schieben. Er spürte richtig, wie der Tod seine kalten Klauen nach ihm ausstreckte. Hinter der Nebelwand ging alles sehr schnell. Er fand sich mit den anderen im Graben wieder, umgeben von Feinden. Das Knallen der Gewehre, der Geruch von Rauch erfüllten diesen Graben. Er folgte einem Soldaten den feindlichen Graben entlang, während die Artilleriegranaten um sie einschlugen. Aus einer Ecke stürmte ein Feind auf seinen Vordermann zu und rammte ihm sein Bajonett in die Seite. Dieser ging mit einem lauten Schrei zu Boden. Der Mann zog sein Bajonett aus der Leiche und stürmte auf Theobald zu. Dieser stand wie angewurzelt da. Für einen Moment schien alles in Zeitlupe zu verlaufen. Die Angst packte ihn. Er wusste nicht, was er tun sollte. Ein lauter Knall riss ihn aus seinen

Gedanken. Er sah auf sein Gewehr. Rauch kam aus dem Lauf. Er schaute zu dem Mann, der auf ihn zugestürmt war. Dieser war zu Boden gefallen und hielt sich die Brust und wand sich auf dem Boden. Sein Husten ging in ein Gurgeln über. Blut lief seine Mundwinkeln entlang. Theobald starrte entsetzt auf den Soldaten. Er wollte etwas tun, doch der Schock saß ihm zu tief im Knochen. Mit der Zeit wurden die Bewegungen des Mannes langsamer, bis sein Kampf mit dem Tod vorbei war. Theobald starrte eine Weile auf die Leiche. Sein Umfeld nahm er nur noch als dumpfes Rauschen war. Er fiel auf die Knie. Nach einer Weile stießen einige Soldaten seiner Einheit zu ihm.

Seitdem waren Jahre vergangen. Theobald hatte eine Reihe neuer Leute kennengelernt. Neue Freundschaften geschlossen und diese wieder in blutigen Schlachten um die Kaiserkrone verloren. Das Gemetzel auf den Feldern, der Sturm auf die Stellung der Feinde, über Krater, Leichen und Stacheldraht hinweg, wurde für ihn so wie für die anderen Soldaten zum Alltag. Er wusste, dass ihm sein Tod bevorstand. Er fand sich mit der Zeit damit ab, dass das Schlachtfeld sein Grab werden würde und er hatte keine Angst davor. Was ihm aber Angst machte, war die Ungewissheit darüber, wann es ihn erwischen würde. Er trug zwar die ein oder andere Verletzung aus der Schlacht davon, doch es war nie etwas Ernstes. Dies änderte sich aber bei der Schlacht um die Zitadelle Verdaunyx.

Schweißgebadet wachte Theobald auf. Er hatte furchtbare Kopfschmerzen und konnte sich kaum rühren. Er blickte um sich. Er lag in einem Bett. Links und rechts von ihm sah er verletzte Soldaten. Eine Frau in einem weißen Kleid kam auf ihn zu. Sie trug eine Mütze, auf der das Symbol des heiligen Aclips zu sehen war. Sie musterte Theobald. Er wollte sie fragen, was mit ihm passiert war, doch er bekam kein Wort aus dem Mund. Nach einer Weile verschwand sie. Theobald wusste nicht, was los war. Angestrengt versuchte er, sich daran zu erinnern, was vorgefallen war, doch er konnte sich an nichts erinnern. Das Einzige, was ihm einfiel, war, dass er sich auf den Sturm auf die Zitadelle Verdaunyx vorbereitet hatte. Die Frau kam zurück. Begleitet wurde sie von zwei Männern. Der eine trug einen Arzt-kittel und der andere eine schwarze Uniform. Theobald hatte noch nie zuvor so eine Uniform gesehen.

„Ist das der Mann?", fragte der Mann in der Uniform.

„Das ist er", sagte der Arzt, „Die Sanitäter fanden ihn auf einem Hügel nahe der Zitadelle."

Theobalds Lider wurden schwerer. Das Gespräch der beiden Männer verschwamm.

„Wie lange wird er brauchen, bis er wieder fit ist?", fragte der Mann in der Uniform. Theobald merkte, wie er sich neben ihn stellte.

„Ein paar Tage wird er noch hierbleiben müssen", sagte der Arzt.

„Verstehe. Geben sie mir Bescheid, sobald er wieder gesund ist. Ich habe einige Fragen an ihn", sagte der Mann. Dies waren die letzten Worte, die Theobald hörte, bevor er wieder einschlief.

„Das heißt, du weißt nicht, was passiert ist?", fragte Elias.

„Ich kann mich an nichts erinnern, was an dem Tag geschehen war", antwortete Theobald, „Man erzählte mir, dass man mich alleine auf dem Hügel in der Nähe der Zitadelle gefunden hat. Die Anhöhe, die man später den Blutberg nannte. Ich weiß aber bis heute nicht, wie ich dahin gekommen bin."

„Haben dir die anderen nichts davon erzählt?", fragte Lilly.

„Die anderen, die in der Nähe des Hügels waren, wissen auch nicht, was an dem Tag passiert war", entgegnete er.

„Wie kamst du dann zu den Roten Adlern?", fragte Elias.

„Offiziell war es eine Beförderung für meine Leistungen in der Schlacht. Die Belagerung dauerte ein Jahr und angesichts der Tatsache, dass ich einer der Wenigen war, die zu ihrer Eroberung beigetragen hatten, bekam ich den Orden und die Beförderung. Ich glaube aber, dass das, was mir während der Schlacht widerfahren ist, im Zusammenhang mit den Steinen liegt. Dass ich mich mit der Chronik auskenne, war, glaub ich, ein positiver Nebeneffekt für den Kriegsminister", sagte Theobald.

„Die werden dir doch gesagt haben, was es mit der ganzen Sache auf sich hat", sagte Alva.

Theobald schüttelte den Kopf. „Man hat mir nichts erzählt", sagte er.

„Und was hat es mit der Gedächtnislücke auf sich?", fragte Elias.

„Der Arzt sagte mir, dass es eine Art Krankheit ist. Dass mich mein Gehirn daran hindert, mich daran zu erinnern, was an dem Tag passiert war. Eine Art Schutzmechanismus, wie der Arzt meinte. Deswegen rauche ich immer diese Zigaretten. Sie entspannen die Nerven", antwortete er.

„Sowas gibt's?", fragte Lilly.

„Sowas gibt's", antwortete Richard, „Eine gewöhnliche Krankheit unter Soldaten. Es gibt bis jetzt noch keine Berichte darüber, dass jemand davon geheilt wurde. Entweder starben die Erkrankten vorher in der Schlacht oder haben Selbstmord begangen, weil sie die Erinnerung daran wahnsinnig gemacht hat."

„Das bedeutet, er könnte jederzeit durchdrehen und den Abzug drücken?", fragte Lilly.

„Momentan geht es mir recht gut mit den Zigaretten", antwortete Theobald.

„Ist wohl nur eine Frage der Zeit, bis es mit ihm geschieht", sagte Alva.

„Wenn wir gut genug auf ihn achtgeben, wird er uns erhalten bleiben", fügte Elias hinzu.

„Verstehe. Dann bist du also so 'ne Art Krankenschwester für ihn", sagte Alva.

„Wie soll ich das verstehen?", fragte Theobald nach.

„Über die letzten Tage haben wir uns gefragt, warum gerade wir für die Mission ausgesucht wurden und was unsere Aufgaben sind", sagte Alva, „Scheint so, als ob jeder eine bestimmte Fertigkeit besitzt, die dafür sorgen soll, dass du nicht draufgehst."

„Ich schätze mal, Lillys Fertigkeit ist es, unserm Jungen hier etwas Unterhaltung zu bieten", sagte Elias und lächelte.

„Etwa neidisch, dass ich dir keine Aufmerksamkeit schenke?", sagte Lilly etwas provozierend.

„Ein wenig Aufmerksamkeit wäre schon schön", entgegnete dieser.

„Ich dachte, ihr Mönche lebt in Keuschheit?", fragte Theobald.

„Man spricht nicht unter den Brüdern darüber, was außerhalb der Klostermauern passiert", sagte Elias.

„Willst du uns davon erzählen?", fragte Theobald.

Elias setzte einen verlegenen Gesichtsausdruck auf.

„Genau. Ich will nur zu gern wissen, was du und die anderen Mönche im Hennesberger Wald gemacht habt. Muss wohl ziemlich wild gewesen sein", sagte Lilly.

Die Gruppe lachte. Elias verdreht etwas genervt die Augen, aber er lachte mit den anderen mit.

Den Rest des Abends erzählte sich die Gruppe Geschichten und lachten miteinander. Theobald atmete auf. Er fühlte sich nun mehr als Teil der Gruppe als zuvor.

Kapitel 10

Das Fest

Bunte Bänder hingen links und rechts die Straße entlang. An den Laternen des Ortes, in dem die Kutsche der Gruppe einfuhr, hingen Blumengirlanden und bildeten ein Meer aus sommerlichen Farben. Lilly und Theobald drückten sich ans Fenster, um das Farbenspektakel zu betrachten. Wie kleine Kinder starrten sie auf die Straße, die voller Menschen war. Sie sahen Männer, die grüne Trachten mit Filzhüten trugen, während die Frauen weiß-grüne Kleider anhatten. Lilly war begeistert von den Blumenkränzen, die sie in den Haaren trugen.

Die Kutsche hielt vor einem Gasthaus. Die Gruppe stieg aus der Kutsche und schaute sich um. Der Stadtplatz war festlich hergerichtet. An den Straßenrändern standen Stände mit Waren aus der Gegend. Aus einem nahegelegenen Pavillon ertönte Blasmusik.

„Was wird denn hier gefeiert?", fragte Elias.

„Das ist das Bergblütenfest, das jedes Jahr zu Ehren des Mönches Alrik abgehalten wird", erklärte Theobald.

„Wer ist Alrik?", fragte Alva.

„Von dem hab' ich mal was gehört", sagte Elias, „Er war doch so ein asketischer Mönch."

Theobald nickte. „Alrik war ein Mönch, der hier aus der Gegend stammte. Vor Einbruch des Winters ist er immer auf den Berg gestiegen, um dort über den Winter hinweg zu meditieren. Zu Beginn des Frühlings kam er dann wieder zurück ins Dorf", erzählte Theobald.

„Und warum feiern das die Leute?", fragte Lilly.

„Der Mönch lebte zu einer Zeit, in der es keine einheitliche Zeitrechnung gab. Er war für die Menschen hier wie eine Art Kalender. Wenn er auf den Berg stieg, wussten sie, dass der Winter bald einbrechen würde. Seine Rückkehr war für die Bewohner ein Zeichen, dass der Frühling da war und sie mit der Aussaat beginnen konnten", erzählte er weiter.

„Schau an", sagte Elias, „Ich schätze, das hast du alles in der Chronik gelesen, oder?"

Theobald nickte. „Der Ort, an dem sich der Stein befindet, ist nicht weit von hier. Als ich danach gesucht habe, bin ich auf die Geschichte des Ortes gestoßen", sagte er.

„Gut zu hören, dass es nicht mehr weit ist. Elias, Alva, ihr bringt die Pferde zur Tränke. Wir machen kurz Rast und dann geht's weiter", sagte Richard.

„Können wir nicht den Tag bleiben?", fragte Lilly.

„Was?", sagte Richard ernst.

„Ein wenig Entspannung wäre nicht schlecht nach der langen Reise", sagte Lilly.

Richard wandte sich ihr zu. „Darf ich daran erinnern, dass das hier keine Urlaubsreise ist. Wir sind im Auftrag des Fuchses unterwegs, um die Steine zu finden und zu holen, bevor sie den Feinden in die Hände fallen", sagte er.

„Wäre es denn so schlimm, wenn wir einen Tag mal etwas Spaß haben?", fragte Elias.

„Habt ihr schon das Ereignis von vor drei Tagen vergessen? Die Tatsache, dass wir auf Truppen der Republik gestoßen sind, deutet darauf hin, dass sie auch wissen, wo der Stein ist", sagte Richard.

„Ach, komm. Woher sollten die bitte wissen, wo der Stein ist? Das sind doch einfache Soldaten. Die wissen nicht mal, wonach wir suchen", sagte Lilly.

Theobald schaute sie skeptisch an.

„Das Problem sind nicht die Soldaten. Bevor die Hauptstadt an die Kaiserin fiel, haben der Kaiser und die höheren Offiziere sowie der Kriegsminister und seine Schergen die Stadt verlassen, um, wie ihr wisst, sich der Republik anzuschließen. Unter ihnen waren auch Leute der Roten Adler", erklärte Richard.

„Vor allem die Führung der Roten Adler weiß von den Steinen. Richards Befürchtung, dass sie ebenfalls danach suchen, ist durchaus berechtigt", ergänzte Theobald.

„Na gut", sagte Lilly, „Aber da die Pferde eh ein wenig Zeit brauchen, bis sie sich erholt haben, können wir uns ja ein wenig amüsieren, oder?"

„Stimmt. Dagegen spricht nix", fügte Elias hinzu.

Richard seufzte. „Von mir aus. Aber stellt ja keinen Blödsinn an", sagte er in einem mahnenden Ton und machte sich auf den Weg ins Gasthaus.

Nachdem die Gruppe die Pferde an der Tränke abgestellt hatte, machten sie sich auf den Weg, um den Ort zu erkunden. Der Stadtplatz roch herrlich nach den Spezialitäten, die angeboten wurden. Die Gruppe zog von Stand zu Stand, um die Köstlichkeiten zu probieren. Von Schinken und Käse bis hin zu Bier, Wein und Süßspeisen aß und trank sich die Gruppe durch. Was ihnen besonders schmeckte, packten sie als Proviant für die Reise ein. Sie genossen ausgiebig das Fest. Während die Gruppe durch die Gassen des Ortes ging, sah sie einige junge Männer, wie sie an ihnen vorbeiliefen. Sie folgte den Leuten auf eine Wiese außerhalb des Ortes. Die Männer versammelten sich um einen entrindeten Baumstamm, der in den Himmel ragte. An der Spitze des Stammes erkannte Theobald ein blaues Band, das im Wind flatterte. Die Gruppe staunte, als sie einen Mann sah, der am Stamm emporkletterte. Mit aller Kraft versuchte er, sich festzuhalten. Als er die Mitte erreichte, verlor er den Halt und rutschte den Stamm runter. Theobald erschrak kurzzeitig, als er den Mann fallen sah, war aber dann erleichtert, als er hörte, wie die Männer um den Stamm jubelten und klatschten. Neugierig, was dort vor sich ging, stellten sie sich zu den anderen hinzu.

Sie drückten sich durch die Menge, um einen guten Blick auf die Sache zu bekommen. Um den Stamm standen Leute in Feuerwehruniform, um sicherzustellen, dass sich keiner der Leute, die auf den Stamm stiegen, ernsthaft verletzt.

„Was is'n das für 'ne Mutprobe, die ihr da veranstaltet?", fragte Alva nach.

Ein Mann aus der Gruppe drehte sich zu ihm. „Das ist keine Mutprobe. Das ist der traditionelle Stammstieg", sagte er.

„Stammstieg. Noch nie davon gehört", sagte Theobald.

„Ihr seid wohl nicht von hier, oder? Der Stammstieg wird bei uns jedes Jahr zum Blütenfest durchgeführt. Die Männer aus dem Dorf müssen den Stamm erklimmen, um das Band zu ergattern. Wer das Band erhascht, wird der neue Festkönig und darf zusammen mit der Festkönigin die Feierlichkeiten am Abend eröffnen", sagte der Mann.

Lilly schaute begeistert die anderen an. „Kommt, da müssen wir mitmachen", sagte sie euphorisch.

Die Männer der Gruppe schauten etwas verlegen weg.

„Ich glaube nicht, dass uns dafür noch Zeit bleibt", sagte Theobald.

„Hast du etwa Angst zu verlieren?", provozierte Lilly.

„Das letzte Mal, als ich auf deinen Wunsch auf einen Baum geklettert bin, hätt' ich mir fast den Hals gebrochen. Also nein, ich mach' das nicht", sagte Theobald.

„Moment, was?", fragte Elias nach.

„Nichts", grummelte er.

„Wie schaut's mit dir aus, Alva?", fragte Lilly.

„In meiner Heimat werfen wir mit Holzblöcken, aber klettern keine Stämme hoch", brummte dieser.

„Und was ist mit dir, Elias?", fragte sie nach.

Elias schaute eine Weile auf den Stamm. Er beobachtete genau, wie die Männer hochkletterten.

„Weißt du was. Ich mach's", sagte er entschlossen.

„Bist du wahnsinnig? Du weißt doch, was Richard gesagt hat", sagte Theobald.

„Er sagte, wir sollen keine Dummheiten machen. Das sieht mir nicht nach einer aus", sagte Elias.

Theobald schüttelte nur den Kopf. Elias ging zu den Feuerwehrleuten, die gerade dem letzten Teilnehmer halfen. Er redete mit ihnen. Sie nickten und gaben ihm ein weißes Puder für die Hände. Elias zog seine Kutte aus. Drunter trug er ein Hemd und eine kurze Hose. Er verteilte das Puder an seinen Händen und machte sich bereit für den Aufstieg.

Während er Elias beobachtete, erkannte Theobald, dass der Stamm einige Einkerbungen an den Seiten hatte. Elias musste nur die Passenden finden und sich am Stamm hochziehen. Die Gruppe schaute gespannt zu, wie er, fast schon mühelos, hochkletterte. Mit jedem erklommenen Meter wurde Theobald nervöser. Als Elias die Mitte erreichte, rutsche sein Fuß ab. Theobald biss die Zähne zusammen, doch erkannte, dass Elias immer noch Halt hatte. Dieser fing an, weiter hinaufzuklettern. Die Spannung in der Menge war zu spüren, als er dem Band immer näherkam. Elias streckte seine Hand nach dem Band aus. Er ergriff es und zog fest daran, sodass es sich von der Spitze löste. Siegessicher hielt er es in der Hand und zeigte es der Menge unter ihm, die jubelte. Eine kleine Glocke ertönte. Elias rutschte den Stamm runter zu den anderen. Lilly, die vor Freude hin und her hüpfte, gab ihm eine Umarmung. Theobald atmete erleichtert auf und nickte zufrieden. Alva klopfte ihm zufrieden auf die Schulter.

Aus der jubelnden Menge trat ein Mann in edler Tracht hervor. Er war der Bürgermeister des Ortes.

„Es freut mich, Sie feierlich zum Festkönig unseres Blütenfestes zu ernennen", sagte der Bürgermeister und reichte ihm die Hand.

„Vielen Dank und es ist mir auch eine große Ehre, aber ich muss leider ablehnen", sagte Elias.

„Ablehnen? Warum denn das?", fragte der Bürgermeister etwas schockiert.

Elias erklärte ihm die Situation, dass er und seine Freunde auf der Durchreise seien und sie leider schnell weiterziehen möchten. Der Bürgermeister grinste. „Machen Sie sich da keine Gedanken. Ich wird' mit dem Herren reden", sagte er.

Die Gruppe machte sich auf den Weg zum Gasthaus. Dort wartete Richard ganz ungeduldig.

„Wo zur Hölle wart ihr? Wir sollten schon längst weiter", schnaubte er.

Bevor einer der anderen was sagen konnte, trat der Bürgermeister hervor.

„Wenn ich mich vorstellen darf. Helmut Berger. Ich bin der Bürgermeister dieses Ortes und es würde mich freuen, Sie und

Ihre Belegschaft als Ehrengäste bei unserem heutigen Fest begrüßen zu dürfen", sagte er und reichte Richard die Hand.

Dieser schaute ihn etwas verwundert an. „Sehr erfreut. Aber wie haben wir diese Ehre verdient?", fragte er.

„Dieser junge Herr hier hat unseren alljährlichen Stammstieg gewonnen und ist somit der diesjährige Festkönig", sagte der Bürgermeister und zeigte auf Elias.

Richard drehte sich langsam zu den anderen, die sich verlegen wegduckten.

„Es ist uns wirklich eine Ehre, als Ehrengäste teilnehmen zu dürfen, aber ..." Da unterbrach ihn der Bürgermeister.

„Aber, aber. Da gibt es nichts zu diskutieren. Ihr seid heute unsere Ehrengäste und ich freue mich schon, euch alle heute Abend begrüßen zu dürfen", sagte er und machte sich auf den Weg.

Richard ging zu der Gruppe. „Was in Malachs Namen habt ihr euch dabei gedacht? Ich hab' gesagt, ihr sollt keinen Blödsinn machen", schimpfte er.

„Es war kein Blödsinn. Es war eine traditionelle Veranstaltung und ...", wollte Lilly weiter sagen, doch verstummte, als Richard sie böse anstarrte.

„Ach, komm, Richard. Ist doch halb so wild", sagte Elias, „Außerdem, ein bisschen Rampenlicht gefällt dir bestimmt."

„Halb so wild?! RAMPENLICHT?! Ich ... du ... ihr", Richard ballte seine Faust. Die anderen gingen einen Schritt zurück von ihm.

Er biss die Zähne zusammen. Er holte tief Luft und atmete aus.

„Wisst ihr was. Von mir aus. Dann gehen wir heute Abend dorthin. ABER. Morgen früh fahren wir noch vor Sonnenaufgang los und keine Widerrede", brummte er.

Als die Sonne sich setzte, machte sich die Gruppe auf den Weg zum Fest. Extra für sie wurde ein Pavillon frei gemacht. Der Bürgermeister begrüßte die Anwesenden und die Ehrengäste. Als Festkönig eröffnete Elias zusammen mit der Festkönigin das Fest mit dem ersten Tanz. Während der Feierlichkeiten nutze Lilly die Gelegenheit und mischte sich unter die tanzende Menge, während Elias ein wenig Zeit mit der Festkönigin verbrachte. Richard setzte sich zu den anderen des Gemeinderats und unterhielt sich mit ihnen. Theobald und Alva bleiben am Tisch sitzen.

„Du wirkst gelangweilt", sagte Theobald zu Alva.

„So Püppchentanzen ist nicht meine Art", brummte dieser.

Da setzte sich der Bürgermeister zu den beiden.

„Wollt ihr euch nicht auch ein wenig amüsieren?", fragte er.

Theobald und Alva schüttelten den Kopf.

„Wenn ich das richtig verstanden hab', seid ihr aus der Hauptstadt", sagte er.

Theobald nickte.

„Kommt nicht oft vor, dass wir Besucher aus der Hauptstadt haben. Wohin wollt ihr denn?", fragte der Bürgermeister weiter.

„Den Berg hoch über den Halmser Pass", antwortet Theobald.

„Da würde ich nicht langfahren", sagte der Bürgermeister.

„Warum?", fragte Alva.

„In letzter Zeit kommt es auf dem Pass zu einigen Überfällen. Oben am Damm hat sich eine Gruppe der Republik versammelt und fordert Wegezoll", erklärte dieser.

Theobald erschrak. „Was? Soldaten der Republik sind oben beim Dorf Graschen?", fragte er.

„In der Tat. Seit einer Weile schon. Wir haben schon ein Schreiben an die Gebietsverwaltung geschickt, damit diese uns hilft. Aber bis jetzt kam keine Hilfe", sagte der Bürgermeister.

Theobald wurde ganz nervös. „Weiß man, was die da oben treiben?", fragte er.

„Das weiß keiner so wirklich. Ihre Forderungen für den Zoll sind auch manchmal sehr seltsam. Kürzlich kam ein Händler durch, der Werkzeuge verkauft. Sie haben seine ganze Ware konfisziert. Es scheint, die bauen oder graben da oben was", sagte der Bürgermeister.

Jemand rief nach ihm und so ging er wieder zu den anderen.

„Ist alles in Ordnung? Du siehst ein wenig blass um die Nase aus", fragte Alva.

„Wir haben ein großes Problem", sagte Theobald, „Dorf Graschen ist der Ort, an dem sich der Stein befindet."

Alva machte große Augen.

„Richard hatte Recht. Wir dürfen keine Zeit verlieren. Wir müssen sofort los", sagte Theobald und stand auf.

Alva nickte. Zu zweit sammelten sie den Rest der Gruppe. Noch vor Mitternacht verließ die Kutsche den Ort.

Kapitel 11

Der Plan

Langsam stieg die Sonne hinter den Bergen empor und spitzte über die Gipfel. Das Tal unter ihr erwachte in den morgendlichen Strahlen, die sie auf es legte. Mit ihrem Zwitschern begrüßten die Vögel den neuen Tag. In den Dörfern öffneten die Menschen die Klappläden ihrer Häuser. Der ein oder andere schüttelte die Bettwäsche aus. Das Geräusch breitete sich durch die Straßen aus, in denen sich Leute auf den Weg zu ihrer Arbeit machten. In den Dörfern war Klingen von behauenem Eisen zu hören. Es roch nach frisch gebackenem Brot. All das sah Theobald, als er aus dem Fenster der Kutsche schaute, die durch die Orte sauste. Er erhaschte einen flüchtigen Blick auf die Gegend, die in Eile an ihm vorbeizog. Für ihn fühlte sich alles gedämpft an. Das Geräusch der Räder auf dem Boden, das Hin- und Herschwanken des Wagens, für all das war er taub. Seine Augen taten ihm weh und er spürte die Augenringe, die sich unter diesen bildeten. In seinem Kopf schwirrten nur Gedanken über das, was auf dem Berg passieren würde. Er hoffte darauf, dass sie noch rechtzeitig am Damm ankommen würden.

Die Kutsche sauste im Schatten des Berges den Pass hinauf. Das Rauschen des Kieses unter den Rädern hallte von den Felsenwänden. Der Weg vor ihnen war menschenleer. Vereinzelt sah Theobald verlassene Gehöfte, von denen einige eingestürzte Dächer hatten. Er konnte sich nur vorstellen, welch Schrecken sich in der Finsternis der Häuser befand, in die er starrte.

Lilly reichte ihm eine Tasse mit Tee. Auch sie hatte kaum ein Auge zubekommen.

„Danke", sagte Theobald und nahm die Tasse.

„Haben wir es noch weit?", fragte Lilly.

„Ich denke nicht", antwortete Theobald, „aber ich kann es nicht wirklich sagen. Es ist eine Weile her, dass ich hier war. Die Gegend hat sich ziemlich verändert."

Richard klopfte an die Wand des Gefährts. Die Kutsche fuhr zur Seite und kam zu stehen.

„Was ist los?", fragte Theobald.

„Einsatzbesprechung", sagte Richard und stieg aus. Theobald und Lilly folgten ihm.

Lilly zog ihre Jacke fest zu. Im Schatten des Berges war es deutlich kälter als im Tal. Theobald blickte zum Gipfel, an dem die Strahlen der Sonne vorbeischienen. Die Wiese unter seinen Füßen war nass vom Tau und er hörte das Rauschen des Flusses, der sich durch die Passage schlängelte. Die Gruppe machte einen Halbkreis um Richard.

„Wir sind nicht mehr weit von unserem Ziel", sagte dieser, „Theobald, wir brauchen jetzt Informationen darüber, mit was wir es zu tun haben."

„Oben am Berg liegt das Dorf Graschen. Es war die Heimat eines Trägers der Beratersteine. Das Haus, in dem er lebte, hat ein verstecktes Kellergewölbe, in dem er den Stein versteckt hat", sagte dieser.

„Also müssen wir uns auf einen Kampf im Dorf einrichten", sagte Alva.

„Das nicht", sagte Theobald, „Vor Jahrzehnten hat man hier einen Damm gebaut, um die Landwirtschaft im Tal zu verbessern. Die Folge hieraus war, dass das Dorf komplett unter Wasser gesetzt wurde."

„Was? Wie sollen wir dann an den Stein herankommen?", fragte Lilly.

„Man hat gegen Ende des Krieges angefangen, einen Schacht zu graben. Dieser soll vom Ufer bis in den Keller des Hauses gehen", erklärte Richard.

„Die Tatsache, dass sie Werkzeuge aus der Umgebung besorgen, lässt darauf schließen, dass er noch nicht fertig ist", ergänzte Theobald.

„Das soll aber nicht heißen, dass wir etwas Zeit haben. Sie könnten schon kurz davor sein, in den Keller einzudringen", sagte Richard.

„Verstanden. Was genau ist der Plan?", fragte Elias.

Richard holte eine Karte der Gegend hervor und legte sie auf den Boden. Er nahm einen Stock und fing an, auf der Karte herumzudeuten.

„Hier ist der Einstieg in den Schacht. Wir stellen die Kutsche hier ab und gehen den Rest zu Fuß, damit sie uns nicht entdecken. An dieser Stelle ist eine Anhöhe, von der aus wir die Gegend erkunden können", sagte dieser.

„Wie viele werden es sein?", fragte Lilly.

„Das werden wir sehen, wenn wir oben sind. Wichtig ist, dass wir uns leise verhalten. Wenn wir den Gegner überraschen, haben wir bessere Chancen", erklärte Richard weiter, „Gibt es Fragen? Gut, dann fahren wir weiter."

Die Gruppe bestieg wieder die Kutsche, die sich wieder in Bewegung setzte.

Nach einer Weile erreichten sie ihr Ziel. Es war einer der verlassenen Höfe, die auf dem Weg lagen. Alva stieg ab, um die Tür der Scheune zu öffnen, wo sie das Gespann versteckten.

Theobald blickte um sich. In der Scheune war es staubig. An den Wänden hingen einige Werkzeuge. Hämmer, Sägen sowie ein Gespann für Ochsen. Ein hölzerner Wagen stand neben der Kutsche, in dem einiges Gerümpel rumlag. Das Werkzeug sowie der Wagen waren in einem guten Zustand, was Theobald sehr überraschte. Er blickte rüber zu den anderen. Lilly legte ihre leichte Rüstung an und steckte ihren Degen ein. Alva hatte seine große Kriegsaxt in der Hand und schliff die Klinge mit einem Schleifstein. Elias brachte den Pferden etwas Stroh, während Richard seinen Revolver nachlud. Er selber sah runter zu seinem Säbel, dann wandte er sich zu den anderen.

„Hört mal. Ich hab' da eine Idee", sagte er.

Die anderen sahen zu ihm.

„Wir könnten den Wagen hier nehmen, um einen Überraschungsangriff zu machen", sagte er.

Die anderen sahen ihn verwirrt an.

„Wie genau sollen wir uns das vorstellen?", fragte Lilly.

„Die Scheue ist voll mit gutem Werkzeug. Wir nehmen den Wagen, beladen ihn damit und geben uns als fahrende Händler aus. Einige von uns verstecken sich unter den Sachen und wenn sich die Gruppe dem Wagen nähert, um die Sachen zu begutachten, springen wir heraus und überraschen sie", erklärte Theobald.

„Das halte ich für eine schlechte Idee", sagte Richard.

„So dumm ist die gar nicht", entgegnete Elias.

„Wir sollen in die Mitte der Feinde fahren und von dort aus zuschlagen? Das hört sich mehr nach einem Himmelfahrtskommando an", sagte Richard.

„Himmelfahrtskommando wäre es, wenn wir als Nahkämpfer auf eine Gruppe zustürmen, die Gewehre besitzt. Die knallen uns einfach aus der Ferne ab. Und darauf zu warten, dass es Nacht wird, können wir uns zeitlich nicht leisten", erklärte Theobald.

„Ich muss sagen, der Plan ist sehr gewagt, da muss ich Richard recht geben. Anderseits haben wir alle Nahkampfwaffen. Je näher wir dem Feind sind, umso größer ist unser Vorteil", sagte Lilly.

Der Rest der Gruppe stimmte zu. Richard überlegt noch ein wenig, stimmte aber dann den anderen zu.

Die Gruppe fing an, das Gerümpel aus dem Wagen zu entladen. Theobald suchte in der Scheune nach brauchbaren Dingen. Vor allem suchte er nach einem großen Laken, unter dem sich die anderen verstecken konnten, fand aber keins in der Scheune. Er entschied sich, im Haupthaus des Gehöfts nachzusehen.

Er ging zur Tür des Hauses und drückte die Klinke runter. Zu seiner Überraschung war diese nicht abgesperrt. Mit einem lauten Knarzen öffnete sie sich und Theobald trat in den Gang. Dieser war sehr dreckig und verstaubt. An den Ecken sowie an der Decke hatten sich Spinnweben gebildet. Der Gang war spärlich beleuchtet. Das einzige Licht, das ihn erhellte, kam aus den anderen Räumen, in denen die Sonne reinschien. Theobald ging den Gang zu einem der Räume entlang, vorbei an der Treppe, die nach oben führte. Als er den Raum betrat, musste er seinen

Kopf einziehen, da er zu groß für den Türrahmen war. Er stand im Esszimmer des Raumes. Bei dem Fenster sah er die Essecke, auf der ein Kerzenständer stand. Neben der Tür war der Ofen, aus dem ein kühler Wind zog. Verbunden war der Raum mit der Küche, in der eine kalte, verstaubte Herdplatte stand. Theobald schaute durch die Schränke, in denen sich noch das Geschirr befand. Er lauschte ein wenig. Es war totenstill im Haus. Nicht einmal die anderen in der Scheune konnte er hören. Das Einzige, was er hörte, war der Wind, der aus dem Ofen zog. Er wusste nicht warum, aber die Stille beruhigte ihn. Für einen Moment schienen die Probleme der Welt nicht zu existieren. Da war nur er und sonst keiner. Nach einer kurzen Pause schaute er im oberen Geschoss nach. Er fand ein Kinderzimmer mit Spielsachen auf dem Boden und ein Bad.

Er ging den Gang im ersten Stock zu einer Tür, öffnete sie und trat ins Zimmer. Es war das Zimmer der Eheleute des Hauses. Das Doppelbett war bezogen, doch die Wäsche war verdreckt. Er ging zu der Kommode, die dem Bett gegenüber stand. Im Spiegel, der über dieser hing, konnte Theobald die Müdigkeit in den Augen sehen. Auf der Kommode lag ein Kamm sowie ein Bilderrahmen mit einem Familienfoto drin. Er nahm es in die Hand und betrachtete es. Auf dem Bild sah er die Eheleute des Hauses, die in der Mitte standen. Rechts von ihnen erkannte er die Großeltern, die auf einer Bank saßen. Vor den Eheleuten sah er zwei kleine Kinder, die in die Kamera lächelten. Das Bild sowie das Haus erinnerten ihn sehr stark an seine Heimat.

„Was ich nicht alles tun würde, um das alles wiederzubekommen", dachte er sich, während er mit der Hand über das staubige Glas fuhr. Einfach die Zeit zurückdrehen und das alles ungeschehen machen, das wünschte er sich in dem Moment.

„Theobald, ist alles klar", hörte er Lilly rufen.

„Ja, alles bestens", rief er zurück, völlig aus seinen Gedanken gerissen.

Er hörte, wie Lilly die Treppe hochging und zu ihm ins Zimmer kam.

„Was machst du da?", fragte sie.

„Nach einem Laken suchen", sagte er und stellte das Bild wieder ab.

Er kramte in den Schubladen herum. Im untersten Fach fand er ein weiteres Bettlaken.

„Das sollte passen", sagte er und ging zur Tür.

Bevor er aus dem Raum ging, packte Lilly ihn an der Schulter.

„Geht's dir auch wirklich gut", fragte sie ihn.

Er starrte auf das Laken in seinen Händen und nickte. Lilly beugte ihren Kopf, um ihm ins Gesicht zu sehen. Aus seiner gebeugten Haltung sah er zu ihr auf.

„Es passt alles", sagte er und lächelte ein wenig.

Sie nahm ihre Hand von seiner Schulter und folgte ihm aus dem Haus.

Davor standen die anderen vor dem Wagen. Der hintere Teil war mit Werkzeug bestückt.

„Es ist jetzt nicht der größte Wagen. Mit all dem Werkzeug wird es ein wenig eng hinten", sagte Elias.

„Wir werden das schon schaukeln", sagte Alva zuversichtlich.

„Wäre es nicht besser, wenn du vorne sitzt? Ich will nicht beleidigend sein, aber mit dir und Lilly im Karren ist nicht viel Platz da, sich zu bewegen", sagte Elias.

„Ihr sollt euch ja auch nicht bewegen", sagte Richard.

„Wer ist alles mit dem Werkzeug im Karren?", fragte Theobald.

„Alva, Elias und Lilly", erklärte Richard, „Du sitzt neben mir und steuerst den Karren."

Theobald nickte. Die Gruppe bestieg den Wagen. Lilly, Alva und Elias legten sich in die Ablage. Theobald legte das Laken auf sie. Richard stieg auf den Bock. Als sich Theobald zu ihm gesellen wollte, reichte ihm Richard ein Jagdgewehr.

„Das haben wir in der Scheune gefunden", sagte dieser.

Theobald inspizierte das Gewehr. Der Lademechanismus des Karabiners war etwas rostig und öffnete sich schwer. Er öffnete und schloss ihn einige Male, bis der Mechanismus etwas leichter ging. Richard gab ihm einige Kugeln, die er sogleich in die Waffe lud. Er setzte sich auf den Bock und legte das Gewehr hinter zu den anderen, nahm die Zügel in die Hand und fuhr los.

Der Wagen fuhr weiter den Berg hoch. Mit der Zeit wurde der Weg ebener und der Abstand zwischen den Felsen größer. Als sie über den Damm fuhren, blickte Theobald auf den See, der sich hinter diesem erstreckte. Das Wasser des Sees war türkis gefärbt, auf der Oberfläche glitzerten die Sonnenstrahlen wie Diamanten. In der Ferne erkannte er den Kirchturm des Ortes, der aus dem Wasser ragte. Dort war ihr Ziel. Sie fuhren eine Weile den Weg am See entlang. Rechts von ihnen erstreckte sich ein kleines Waldstück. Während Theobald weiter auf den See schaute, schüttelte ihn Richard an der Schulter und deutete nach vorne, wo er einige Menschen erkennen konnte. Je näher sie kamen, umso besser konnten sie das Lager erkennen, das die Soldaten der Republik aufgeschlagen hatten. Theobald verlangsamte die Kutsche und kam schließlich vor einem Schlagbaum zum Stehen. Einige Männer in verschlissenen Uniformen kamen auf sie zu, ihre Gewehre geschultert. Theobald musterte die Leute, die auf sie zukamen. Sein Herz fing an zu pochen. Er hoffte darauf, dass sein Plan funktionieren würde.

Da erschrak Theobald plötzlich. Aus einem der Zelte des Lagers trat eine Person in Offiziersuniform hervor. Die Uniform war schwarz und am Kragen erkannte Theobald die Stickerei eines Roten Adlers. Er umklammerte die Zügel und starrte auf den Mann, der auf sie zukam. Er wusste genau, wer die Person war. Ernst Heminge. Einer seiner alten Vorgesetzten.

Kapitel 12

Auge in Auge mit dem Feind

Die Soldaten der Republik fingen an, den Wagen zu inspizieren. Währenddessen unterhielten sie sich untereinander. Der ein oder andere schlug mit seinem Fuß leicht gegen Räder. Theobald schaute ihnen nervös nach, als sie um den Wagen gingen, in der Hoffnung, dass ihr Plan nicht auffliegen würde. Er sah hinüber zu Richard, der mit seinem Blick zielstrebig nach vorne sah. Was Theobald sehr verwunderte, war, dass die anderen weder ihn noch Richard ansprachen. Sie ignorierten sie komplett.

„Okay, Jungs, geht mal zur Seite", sagte Ernst, der hinter den Soldaten auftauchte.

Diese machten ihm Platz. Ihre Gespräche verstummten.

„So, so, was haben wir denn hier?", sagte er und ging um den Wagen.

„Wir sind Händler", erklärte Richard.

Ernst musterte den Wagen genau. Er ging zu der Ablage mit den Werkzeugen und begutachtete sie.

„Händler, sagt ihr. Die Geschäfte müssen echt schlecht laufen, wenn ihr mit so ‚nem schäbigen Karren durch die Gegend fahrt und so wenig Waren mit euch transportiert", sagte er.

„Wir sind neu in dem Geschäft. Wir haben noch nicht so viel Gewinn gemacht, um uns was Besseres zu leisten", erklärte Richard weiter.

Ernst lachte ein wenig. „Das glaub ich euch", sagte er und verschränkte die Arme, „Ich will euch nicht zu nahetreten, aber mit dem Zeug, was ihr habt, werdet ihr nicht viel Gewinn einholen." Er stützte sich am Kutschbock ab und schaute zu Theobald hoch. „Aber großes Handelsgeschick kann man ja von einem Soldaten nicht erwarten."

Theobald blickte runter zu ihm.

„Wer hätte gedacht, dass wir uns mal wiedersehen, Theobald", sagte Ernst und setzte ein hämisches Lächeln auf.

„Zufälle gibt's, nicht wahr", antwortete Theobald und lachte dabei etwas nervös.

„Wenn es eine Sache gibt, an die ich nicht glaube, dann sind das Zufälle", sagte Ernst. Sein Lächeln wich einem strengen Blick.

Theobald fing an, leicht zu zittern, während Ernst ihn anstarrte.

„Ist 'ne Weile her, seit wir uns das letzte Mal begegnet sind. Wann war das gleich noch mal?", fragte Ernst, während er vor die Kutsche ging.

„Das war, als ich zu Raimunds Truppe gewechselt bin", sagte Theobald.

„Ja, Raimund. Genau, ich erinnere mich. Dieser Möchtegern-Taktiker. So strikt und durchgeplant. Was ist aus dem geworden?", fragte Ernst und fasste sich mit der Hand unters Kinn.

„Weiß ich nicht. Das letzte Mal sah ich ihn, als ich die Hauptstadt verlassen habe", sagte Theobald.

„Ich will euer kleines Zusammentreffen nicht stören, aber wenn es euch nichts ausmacht, würden wir gerne weiterziehen", mischte sich Richard in das Gespräch ein.

„Oh, es macht mir 'ne Menge aus, dass ihr weiterfahren möchtet", sagte Ernst, „Wie ihr unschwer erkennen könnt, ist das eine Zollstation. Jeder, der durchwill, muss eine Gebühr zahlen, nicht wahr, Jungs?"

Die Menge an Soldaten lachte.

„Wie wär's, wenn du uns durchlässt? So, ohne Gebühr. Der alten Zeiten wegen", versuchte Theobald, ihn zu überzeugen.

„Das würde ich allzu gerne machen, aber … Ich muss auch irgendwie mein Geld verdienen und meine Jungs wollen auch was haben", erklärte Ernst.

„Verstehe. Wie viel wollt ihr?", fragte Richard.

„Verhandeln wir das doch in unserem Lager. In der prallen Sonne zu stehen, ist doch unangenehm", sagte Ernst.

Mit einer Handbewegung wies er die Soldaten an, den Schlagbaum zu heben. Zusammen mit einigen der Soldaten ging er vor.

Hinter dem Wagen stellte sich der Rest auf, um sicherzugehen, dass sie nicht flohen. Langsam setzte sich der Wagen in Bewegung.

„'Ne Idee, was wir tun sollen?", flüsterte Theobald Richard zu. Dabei schaute er eilig nach links und rechts.

„Einfach ruhig bleiben. Am besten, du redest mit ihm. Ich bleib' bei der Kutsche", flüsterte Richard.

Die Kutsche kam in der Mitte des Lagers zum Stehen. Vor ihr stand ein großes Zelt, das etwas verdreckt war. Links und rechts davon standen halboffene Zelte, in denen Kisten und Werkzeugständer untergebracht waren. Ein kleiner Weg schlängelte sich zwischen den Gebilden, auf dem ein Mann ging, der einen Bergarbeiterhelm trug und eine Spitzhacke in der Hand hielt.

Theobald und Richard stiegen vom Kutschbock.

„Bereden wir doch alles in Ruhe in meinem Zelt", sagte Ernst und zeigte mit seiner Hand, dass Theobald vorgehen soll. Dieser blickte zu Richard, der zu den Pferden ging und ihm zunickte.

Theobald atmete tief ein und ging zum Zelt, dicht gefolgt von Ernst.

Als er das Zelt betrat, staunte er. Es war überraschend edel eingerichtet. In der Mitte lag ein großer Teppich, auf dem ein großer, dunkelbrauner Tisch stand. Am Rande des Zeltes sah Theobald eine Liege, welche meistens in den Häusern der Aristokraten zu finden war. Neben ihr erkannte er einen großen Globus. Über die Decke des Zeltes waren einige Bänder gespannt. Theobald ging zu dem Tisch in der Mitte und bestaunte die Figur aus Stein, die einen Adler zeigte und neben einer kleinen Standuhr platziert war.

„Wie ich sehe, gefällt dir mein bescheidenes Heim", sagte Ernst, während er zum Globus ging und ihn öffnete. In diesem sah Theobald eine Flasche Branntwein und ein paar Gläser.

„Ziemlich prunkvoll für so jemanden wie dich", sagte Theobald kühl.

Ernst goss sich etwas von dem Branntwein in ein Glas.

„Du wärst überrascht, was die Leute so alles liegen lassen, wenn sie vor dem Krieg fliehen", sagte er und nahm einen Schluck.

„Oder liegen lassen müssen", warf Theobald ihm vor. „Es gab einen Grund, warum man dich nicht mehr mit der Operation betraut hat. Wenn ich das hier so sehe, kann ich verstehen, warum."

„Sowas. Ich hätte nicht gedacht, dass du den Adlern so treu bist, dass du selbst ihre Entscheidungen verteidigst", sagte Ernst und nahm einen weiteren Schluck.

„Ich verteidige ihre Entscheidungen nicht. Du bist eh zu leicht davongekommen nach dem Massaker von Troben", schimpfte Theobald, „Du bist losgezogen und hast einfach die Orte geplündert und die Menschen getötet."

„Hätte man mich meines Ranges entsprechend bezahlt, wäre das nicht passiert. Denkst du, ich mach' mir all die Mühe und seh' zu, wie sich die Führungsebene die dicken Brocken einheimst, während der Rest nur die Krümel bekommt. Ich hatte das Können und der Tisch war reich gedeckt. Ich musste es mir einfach nur nehmen", sagte Ernst kühl.

Er stellte sein Glas ab und ging auf Theobald zu, der mit geballten Fäusten am Tisch stand.

„Nur ein Idiot hätte die Chance nicht genutzt, die vor ihm stand." Ernst fing an zu lachen. Dabei ging er zu einer Figur, die im Zelt stand. „Aber was erklär ich dir das? Du bist nur ein einfacher Soldat. Du glaubst jeden Scheiß, den man dir erzählt. Es ist immer nur „Ja, Herr Kommandant" und dann lauft ihr wie die Lemminge übers Feld und lasst euch abknallen. Alles für ein paar Münzen und dass man euch auf die Schulter klopft, dass ihr euer Leben für was Großes lasst. So billig."

Theobald kochte vor Wut. Er spürte einen Drang in sich, den er schon lange nicht mehr gespürt hatte.

„Du hältst dich für ganz schlau", brummte er.

„Schlauer als du auf alle Fälle", sagte Ernst und drehte sich zu Theobald.

Dessen Augen wurden weiter, als er erkannte, dass Ernst eine Pistole auf ihn richtete.

„Ich muss schon sagen, ich hätte ein wenig mehr von dir erwartet. Händler auf der Durchreise ... pff ... da kann ich nur lachen. Du willst auch nur den Beraterstein für dich haben", sagt er.

Theobalds Herz fing an zu rasen. Irgendwas musste er tun. Er ging ein paar Schritte zurück. Als er gegen etwas stieß, tastete er mit seiner Hand hinter dem Rücken den Tisch ab.

„Der Stein bringt dir doch nichts", sagte Theobald, während er den Tisch abtastete, „Den kauft dir doch keiner ab."

„Verkaufen muss ich ihn nicht. Mit diesem kann ich mir in der Führungsriege der Republik den Rang holen, der mir zusteht", sagte Ernst, „Aber das sollte dich nicht stören."

Er richtete seine Waffe auf Theobalds Kopf, bereit den Abzug zu drücken. Da ertönte es von draußen: „Alarm! Alarm!"

Ernst erschrak und drehte sich zum Zelteingang, aus dessen Richtung Kampfgeräusche erklangen. Theobald nutzte die Chance. Er griff nach der Figur auf dem Tisch. Als sich Ernst zu ihm drehte, warf er sie nach ihm. Reflexartig fing dieser die Figur. Durch ihr Gewicht fing er an zu taumeln. Theobald lief aus dem Zelt. Vor diesem tobte ein Kampf. Die Gruppe stand um den Wagen und verteidigte diesen. Um ihn herum lagen schon einige getötete Soldaten. Die Position war ideal für die Gruppe. Dadurch, dass die ganzen Zelte eng beieinander standen, wurden die Kämpfer dazu gezwungen, in den Nahkampf zu gehen. Zwei Soldaten stürmten auf Lilly zu, ihre Gewehre mit Bajonetten bestückt. Sie machte eine Sturzrolle, als die Soldaten versuchten, auf sie einzustechen. Mit ihrem Degen stach sie dem einen in den Rücken und traf dabei sein Herz. Aus ihrem Ärmel zücke sie einen Dolch. Mit diesem schnitt sie dem anderen Gegner die Kehle durch, als sich dieser nach ihr umdrehte. Er hielt sich den Hals, während aus seinem Mund und der Hand Blut floss. Lilly nahm den Dolch an der Klinge und warf ihn in Elias Richtung. Bei ihm hatte sich ein Feind an dessen Rücken geklammert. Der Dolch traf dessen Rücken. Elias nutzte die Chance und schlug mit seinem Ellenbogen gegen dessen Gesicht, sodass der Soldat zu Boden ging. Mit seinem Schwert blockte Elias einen Gegner ab, der mit dem Schaft seines Gewehrs auf ihn einschlug. Mit einer Parade lenkte er das Gewehr zur Seite. Bevor der Soldat reagieren konnte, holte Elias aus und schnitt ihm am Bauch entlang, wodurch der Soldat zu Boden sackte.

Da ertönte ein lautes Brüllen. Theobald sah Alva. Dieser war in einen Kampfrausch gefallen. Mit der breiten Seite seiner Axt schlug er gegen die Brust einer der Feinde. Die pure Wucht des Schlages reichte aus, um diesen in das Zelt mit den Kisten zu schleudern. Er richtete seinen Blick auf einen der Soldaten, der sein Gewehr auf Alva richtete. Dieser stürme wie ein Büffel auf den Mann zu. Der Soldat zitterte und gab einen Schuss ab, der Alva verfehlte. Dieser hob seine Axt und ließ sie runtersausen. Dabei spaltete er den Kopf des anderen. Richard schoss währenddessen aus der Deckung des Wagens heraus. So tötete er einige der anstürmenden Feinde.

„Theobald, pass auf", schrie Elias.

Aus dem Augenwinkel sah Theobald einen Mann, der auf ihn zustürmte und ihn zu Boden warf. Der Mann hatte eine Handaxt und versuchte, ihn damit zu töten. Theobald trat dem Mann in den Bauch, sodass er nach hinten fiel. Theobald zog seinen Säbel aus der Scheide. Der Mann mit der Axt stürmte erneut auf ihn zu. Diesmal konnte Theobald den Schlag mit seinem Säbel blocken. Er spürte, wie sein Kontrahent alle Kraft aufwandte, um die Blockade zu durchdringen. In seinen Augen konnte er das Verlangen zu töten erkennen. Der Druck, den er aufwandte, wurde stärker. Theobald versuchte entgegenzuwirken. Er lenkte den Mann zur Seite, was durch die Krümmung des Säbels erleichtert wurde. Nun hatte Theobald die Oberhand und lag auf seinem Feind. Mit seinem Knie hielt er die Hand mit der Axt zu Boden. Mit beiden Händen am Griff stieß er dem Mann seine Waffe in die Brust. Der Stoß ließ die Augen des Mannes hervorquellen, während aus seinem Mund das Blut floss. Theobald zog den Säbel aus seiner Brust. Seine Atmung war hektisch und sein Herz raste. Da griff Alva nach ihm und zog ihn hoch.

„Zum Wagen", schrie er.

Theobald stolperte zu den anderen, bis er am Wagen zu stehen kam. So schnell wie der Kampf begonnen hatte, so schnell war er wieder vorbei. Eine Stille machte sich breit. Zufrieden schauten sie sich untereinander an. Da ertönte ein Schuss.

Die Gruppe sah rüber zum Zelt. Dort stand schwer atmend Ernst und richtete seine Pistole auf Alvas Kopf.

„Schau an. Hier draußen feiern wir wohl eine kleine Feier und ich bin nicht eingeladen. Das ist schon sehr unhöflich", sagte er und drückte die Waffe fester gegen Alvas Kopf.

„Lass ihn gehen!", sagte Richard.

„Und warum!?", schrie Ernst, „Damit ihr euch mit dem Stein davonmachen könnt. Ich denke nicht."

„Das ist doch schwachsinnig. Dein Lager ist hinüber, deine Leute tot. Du schadest dir mehr, als du dir hilfst", sagte Elias.

Ernst lachte. „Das stimmt. Aber ich stehe noch. Und wenn ihr wollt, dass er mit euch mitkommt, würde ich euch raten, das zu tun, was ich euch sage", sagte er.

„Vergiss es. Mit einem Mörder wie dir verhandeln wir nicht", schrie Lilly.

Während des Gesprächs schlich Theobald langsam zur Gepäckablage und griff nach dem Gewehr.

„Zu schade", brummte Ernst, „dann wird es für ihn wohl kein gutes Ende geben."

Theobald ging geduckt hinter dem Wagen entlang.

„Noch irgendwelche letzten Worte?", sagte Ernst.

Theobald ging in die Knie und setzte das Gewehr an. Er schloss ein Auge und atmete tief ein und öffnete sein rechtes Auge.

Ernst drückte leicht gegen den Abzug.

Da fiel ein Schuss.

Ernst ließ die Waffe fallen und hielt sich vor Schmerzen die Schulter.

„Ihr verdammten Wichser!", schrie er und wälzte sich auf dem Boden.

Alva griff nach seiner Axt.

„Halt's Maul", sagte er und schlug Ernst den Kopf ab.

Die Gruppe ging zu Alva und Ernsts Leiche. Dessen Kopf rollte in Richtung Zelt, in dem er verschwand. Dabei hinterließ er eine Spur aus Blut.

Theobald wurde leicht übel.

„So viel zu ihm", sagte Elias.

Die Gruppe blickte sich um. Das Lager war gespickt mit Leichen. Der Geruch von Blut und Schießpulver lag in der Luft. Leichtes Wimmern war zu hören.

„Ob der Stein in seinem Zelt ist?", frage Lilly.

„Ich hab' ihn nicht gesehen", sagte Theobald, „Sie haben ihn wohl noch nicht."

„Wo finden wir ihn dann?", fragte sie.

Theobald deutet auf den Pfad.

„Von dort kam jemand mit Bergarbeiterausrüstung", sagte er.

Die Gruppe ging hinter das Zelt. Dort fanden sie eine große Grube. Sie gingen zu einer Leiter, die an der Seite platziert war und starrten in den Minenschacht vor ihnen. Das Tropfen von Wasser hallte aus dem finsteren Schacht.

Kapitel 13

Der Beraterstein

Zwischen den Kisten in der Grube sucht Theobald nach einer Lampe. Nachdem er zwischen dreckigen Schuhen und Spitzhacken herumgewühlt hatte, fand er eine Öllampe, die er sogleich anzündete.

„Ich geh' rein", sagte Theobald.

„Ich komm' mit dir", sagte Lilly.

„Es ist besser, wenn du mit den anderen hier bleibst. Falls mehr Feinde kommen, brauchen wir jede Hand, um den Schacht zu verteidigen", entgegnete Theobald.

„Es wäre gut, wenn jemand mit dir mitkommt. Falls etwas passiert oder noch Leute in der Mine sind, hast du etwas Unterstützung", sagte Elias.

„Ich bekomme das schon hin, macht euch da keine Sorgen", sagte Theobald.

„Was bist du denn so verbissen, allein da reinzugehen?", fragte Lilly genervt.

„Wer weiß, wie stabil die Mine ist. Eine falsche Bewegung und wir werden beide verschüttet", schimpfte Theobald.

„Dann brauchst du erst recht jemanden, der mit dir kommt, falls was passiert", schimpfte Lilly.

„Du verstehst das nicht, der Schacht ..."

„Schluss jetzt, ihr zwei. Ihr geht beide da rein und holt den Stein. Und keine Widerrede! Das ist ein Befehl", sagte Richard.

Theobald schüttelte den Kopf und ging zum Eingang des Schachtes.

Mit der Lampe leuchtete er in die Mine. Das Licht wurde von den Schienen reflektiert, die tief ins Innere führten. An den Schwellen der Schienen sah er ein Seil, das dem Verlauf dieser folgte. Er betrat die Mine, dicht gefolgt von Lilly.

Das Knirschen des Kieses unter Theobalds Füßen sowie das rostige Schwingen der Lampe hallte von den Wänden. Mit sachtem Schritt ging Theobald voran. Er hatte Schwierigkeiten, die Schwellen zu sehen, da diese unter Kies und Sand versteckt waren. Der Weg ging eine Weile eben dahin, bis er anfing abzufallen. Das Hallen der Schritte fing an, dumpfer zu werden. Das Licht der Lampe reflektierte nun auch von den Wänden, an denen Wasser entlanglief. Der Boden wurde nasser. Auch die Stützbalken der Mine hatten sich mit Wasser vollgesogen. An einigen Stellen konnte Theobald Risse erkennen. Nach einer Weile fanden er und Lilly das Ende des Seils. Theobald bückte sich runter und sah, dass das Seil gerissen war. An der Stelle, wo es gerissen war, sah er einen grünen Film, der sich nass und glitschig anfühlte.

Es dauerte nicht mehr lange, bis sie am Ende des Schachtes angekommen waren. Im Schein des Lichtes trat eine gemauerte Wand zum Vorschein. Als Lilly und Theobald nähertraten, erkannten sie ein großes Loch in der Wand. Vor diesem lag eine Lore mit Gesteinsbrocken.

Mit der Lampe leuchte Theobald in das Loch. Danach stiegen er und Lilly über den Schutthaufen.

Das Plätschern war hier viel lauter als im Rest des Tunnels. Bis zu den Füßen standen die beiden im Wasser. In der Mitte an einem Balken sah Theobald eine Lampe mit einer Kerze darin. Er nahm sie raus und zündete sie an der Öllampe an, bevor er sie wieder zurückstellte. Nun konnten die beiden besser sehen, was sich im Raum befand.

Die Mitte des Balkens hing sehr tief. An seiner Unterseite fing er an zu splittern.

„Meinst du, das hält?", fragte Lilly.

„Nicht mehr lange. Wir sollten uns beeilen", sagte Theobald.

Er und Lilly suchten den Raum ab. Dieser war nicht besonders groß. An den Wänden links und rechts standen Schränke, in denen Bücher waren.

Theobald fing an, die Wand gegenüber des Durchbruchs abzutasten. Seine Hand glitt über die unebene Wand, an der Wasser herunterlief. Wenn er eine Erhebung fand, versuchte er, sie einzudrücken in der Hoffnung, es würde einen Mechanismus auslösen. Doch er hatte kein Glück. Er ging in die Hocke und tastete die Leiste der Wand ab.

Er sah rüber zu Lilly, die nachdenklich am Bücherregal stand.

„Was machst du da?", fragte Theobald.

„Die Rose von Euching, Die Visionen von Eram, Der Kobinische Hexenzirkel, ... das sind alles Klassiker, und das in ihrer Originalfassung", sagte Lilly begeistert.

„Das ist schön. Kannst du mir aber trotzdem mit dem Stein helfen?", schimpfte Theobald.

Da ertönte das Knarzen des Balkens.

„Lilly!", schimpfte Theobald.

„Ich such' ja schon. Du bist doch derjenige, der von so alten Sachen fasziniert ist", entgegnete sie.

„Jetzt ist nicht die Zeit dafür", sagte Theobald nervös.

„Auf einmal nicht. Sonst erzählst du ständig von irgendwelchen Sachen, die du in der Chronik gelesen hast", sagte Lilly.

„Da fiel uns ja auch nicht die Decke auf den Kopf", sagte Theobald.

„Beim Allvater", sagte sie überrascht.

„Was?", fragte Theobald laut.

„Der Ritter von Rouché, mein Lieblingsbuch", sagte Lilly und griff nach dem Buch im Regal.

„Lilly, zum letzten Mal ...", wollte Theobald sagen, da ertönte ein klickendes Geräusch.

Die beiden schauten zur Wand, die Theobald abgetastet hatte. Er ging zurück zur Wand. Als er erneut mit der Hand drüber ging, spürte er, dass einer der Steine lose da hing. Er versuchte, ihn rauszuziehen, doch dieser war zu nass, um einen guten Halt zu finden.

„Lass mich mal", sagte Lilly.

Sei versteckte ihre Hände unter ihrem Ärmel. Als Ziehen nichts half, bewegte sie den Stein leicht nach links und rechts.

„Der sitzt ziemlich fest", sagte Lilly.

Das Knarzen des Balkens wurde lauter.

Theobald zog seine Jacke aus und platzierte sie am Stein, um ihn so trocken wie möglich zu bekommen. Mit der Zeit wurde der Halt besser. Lilly und er zogen mit aller Kraft an dem Stein und rüttelten ihn. Mit einem Schlag löste er sich. Theobald fiel nach hinten ins Wasser, während Lilly zur Seite stolperte. Nachdem er sich aufgerafft hatte, ging er zum Loch. Vorsichtig griff er mit der Hand hinein. Zuerst spürte er etwas Sandiges. Als er tiefer hineingriff, spürte er etwas Holzartiges. Er hielt es fest und zog es aus dem Loch. Theobald und Lilly schauten auf das Objekt. Es war eine kleine, bemalte Schatulle.

„Das ist er", sagte Theobald und grinste.

Beide starrten wie gebannt auf die Schatulle. Theobald wollte einen genaueren Blick auf sie werfen, da brach auf einmal der Balken.

Wasser schoss aus den Ritzen der Decke.

„Raus hier jetzt!", schrie Theobald.

Die beiden stürmten aus dem Durchbruch in den Schacht und stürmte diesen hoch. Theobald konnte hören, wie hinter ihnen der Raum einstürzte und das Wasser aus dem See hineinströmte. Er lief auf den Schwellen den Schacht hoch, in der Hoffnung, nicht zu stolpern. Da er seine Lampe liegen lassen hatte, konnte er nicht sehen, wo Lilly war. Ihre Schritte wurden von dem rauschenden Wasser und dem Dahinreißen der Holzbalken im Schacht übertönt. Theobald lief und lief. Der Gang fühlte sich länger an als auf dem Hinweg. Vor ihm war es pechschwarz und er spürte, wie das Wasser immer näher auf ihn zukam.

Da sah er plötzlich ein Licht. Der Ausgang der Mine. Er sprintete darauf zu. In diesem Licht erkannte er die Silhouette von Lilly, die vor ihm war. Das Licht kam immer näher.

„Schnell auf die Seite", schrie Lilly, als sie und Theobald aus der Mine kamen. Beide sprangen zur Seite, als eine Wasserfontäne aus der Mine schoss. Er hielt sich den Arm vor das Gesicht und duckte sich weg. Er hörte, wie der Schacht neben ihm krachend einstürzte.

Nachdem das Chaos vorbei war, blickte Theobald auf. Die Grube war wie er komplett nass. Er schaute um sich. Lilly saß am

Boden und atmete schwer. Die anderen schauten hinter einem Stapel Holz hervor. Er schaute auf seine Hände, die stark zitterten.

„Ist alles klar bei euch?", rief Elias den beiden zu. Theobald und Lilly nickten.

Die anderen gingen zu den beiden runter. Elias half Lilly auf.

„Wie sieht's aus? Habt ihr den Stein gefunden?", fragte Richard.

„Danke, mir geht's gut", sagte Theobald und wischte sich die Hand ab.

„Was ist da drin passiert?", fragte Elias.

„Die Decke des Kellers ist eingestürzt. Wir haben es grade noch geschafft", sagte Lilly schwer atmend.

„Und der Stein?", fragte Richard.

Theobald griff in seine Hosentasche und holte die Schatulle raus. Er hielt sie in der Hand und begutachtete sie. Die Bemalung war nun besser zu erkennen. An den Rändern erkannte er Symbole, die noch aus den Zeiten des ersten Kaiserreichs stammten. Verschlossen war die Schatulle durch das Wachssiegel des ersten Kaisers.

„Mach auf. Mach auf", sagte Lilly aufgeregt.

Theobald ging zu dem Holzstapel. Lilly gab ihm ihr Messer, mit dem er das Siegel aufbrach, unter dem ein kleiner Verschluss war, den er sogleich öffnete.

Er griff hinein, holte den Stein raus und hielt ihn in die Sonne.

Der Stein befand sich in einer Fassung aus Gold und hing an einer Kette. Im Sonnenlicht glitzerte der Stein in einem wunderschönen Türkis. Theobald staunte, als er ihn in den Händen hielt.

„Wow. Der sieht schön aus", sagte Lilly.

„Ich dachte, die wären größer", sagte Alva.

Theobald legte den Stein zurück und schloss die Box.

„So, was jetzt?", fragte Elias.

„Wir bringen den Stein zurück in die Hauptstadt", sagte Richard.

„Und was machen wir mit dem Lager?", fragte Alva.

„Wir geben dem Bürgermeister Bescheid. Der wird sich darum kümmern", antwortete Richard.

Die Gruppe stieg aus der Grube und machte sich auf den Weg zum Wagen.

Kapitel 14

Eine wohlverdiente Rast

Hieronymus bewegte das Gerüst mit dem Stein in seiner Hand hin und her, bevor er ihn auf den Tisch legte. Er holte eine Lupe hervor und ging damit näher an den Stein. Die Gruppe stand vor ihm und beobachtete ihn. Theobald dagegen schaute gelangweilt im Thronsaal herum.

Nach einer Weile legt Hieronymus die Lupe zur Seite.

„Gute Arbeit", sagte er und lehnte sich zurück in den Stuhl, „Ihr habt wirklich gute Arbeit geleistet. Nicht nur habt ihr den Stein zurückgebracht, sondern auch einen gesuchten Mann zur Strecke gebracht."

„Es ist uns wie immer eine Ehre, der Kaiserin zu dienen", sagte Richard.

„Das denk' ich mir. Ich bin sehr auf deinen Bericht gespannt, Richard", sagte der Fuchs.

Richard deutete eine leichte Verbeugung an.

„Schön", sagte Theobald, „aber was ist jetzt mit der Belohnung?"

„Bitte?", fragte Hieronymus.

„Die versprochene Belohnung. Was ist damit? Bekommen wir die jetzt?", fragte Theobald etwas genervt.

„Ihr seid aber ungeduldig", sagte der Fuchs und schmunzelte dabei.

„Meine Aufgabe war es, den Stein zu besorgen. Da habt ihr ihn. Wo ist meine Belohnung?", forderte Theobald.

Hieronymus stand auf und ging zu einem der großen Fenster.

„Ich glaube, Ihr habt mich ein wenig missverstanden. Ich habe nicht gesagt, dass Ihr die Belohnung bekommt, wenn Ihr mir einen Stein bringt, sondern wenn Ihr mir die restlichen besorgt", sagte er und verschränkte dabei die Arme.

„Wenn Ihr glaubt, dass ich mir die Mühe mache und den Rest für Euch besorge, dann habt Ihr Euch gewaltig geschnitten", schimpfte Theobald.

„Seid Ihr Euch da sicher? Soviel ich weiß, habt Ihr einen Eid geschworen", sagte der Fuchs.

„Einen Eid? Ich glaube, Ihr täuscht Euch", sagte Theobald hochnäsig, „Ich kann mich nicht daran erinnern, Euch die Treue geschworen zu haben."

„Mir nicht, aber ihm", Hieronymus drehte sich zu der Gruppe und deutete auf Elias, „Falls Ihr es nicht vergessen habt. Er hat Euch im Kampf besiegt und Euren Säbel ergattert. Laut Eurem Kodex seid Ihr ihm nun verpflichtet."

Theobald stotterte. „Woher...Woher wisst Ihr das?"

Hieronymus schmunzelte und ging zurück zum Tisch. Er nahm den Stein und legte ihn zurück in die Schatulle, bevor er sie schloss.

„Es wäre das Beste, wenn Ihr Euch ein wenig ausruht. Es wird nicht mehr lange dauern, dann werdet
Ihr wieder losziehen", sagte er und setzte sich hin.

Bis auf Theobald machten alle eine leichte Verbeugung und gingen zur Tür. Richard packte Theobald am Arm und zog ihn mit zum Ausgang.

„Musstest du jetzt so ein Theater machen?", fragte Lilly, als die Gruppe vor dem Palast stand.

„Nichts für ungut, aber ich habe den gesamten Krieg über diese Steine gesucht. Sie jetzt wieder alle zusammenzusammeln, liegt nicht in meinem Interesse", schnaubte Theobald.

„Und was liegt stattdessen in deinem Interesse? Dich der Republik anzuschließen? Deine alten Freunde wieder zu unter-stützen?", brummte Alva.

„Ihr wollt es nicht versteh'n oder? Wir riskieren hier unser Le-ben, um dieses alte System am Leben zu halten", sagte Theobald.

„Du hörst dich wirklich schon an wie einer von der Republik", sagte Lilly und schüttelte dabei den Kopf, „Wir riskieren unser Leben nicht hierfür. Sondern dafür, dass dieser gottlose Krieg endlich ein Ende findet."

„Und ihr glaubt, dass wir das durch die Steine erreichen?", fragte Theobald.

„Es ist egal, ob wir es durch die Steine erreichen oder nicht. Es ist momentan die einzige Chance, die wir haben", sagte Lilly.

Theobald wollte etwas sagen, da fiel ihm Elias ins Wort.

„Hey, hört mal. Die letzten Tage waren echt anstrengend. Wir sind alle etwas gereizt. Am besten wir gehen alle nach Hause und ruhen uns erst mal aus", sagte er.

„Zu Hause … Wo soll das bitte sein?", fragte Theobald.

Richard ging zu ihm und gab ihm einen Zettel mit einer Adresse.

„Ist das wieder so ein Gasthof?", fragte Theobald genervt.

„Du wirst es sehen, wenn du dort bist", sagte Richard.

„Was ist mit dem Rest von euch?", fragte Theobald.

„Wir alle sind in der Hauptstadt untergebracht. Mach dir da mal keine Gedanken", sagte Lilly.

Die Gruppe machte sich auf den Weg. Als sie am Fuße des Berges, auf dem der Palast stand, angekommen waren, trennten sie sich. Richard gab Theobald noch den Schlüssel für seine Bleibe, bevor er sich verabschiedete.

Theobald ging die gepflasterte Straße entlang. Es war eine Weile her, dass er allein war. Er starrte auf den Boden und trat einen kleinen Stein vor sich her. Er spürte die Nachmittagssonne, die ihm auf den Rücken schien. Er hörte die Menschen, die an ihm vorbeigingen und wie sie sich unterhielten. Er blieb vor einem Schaufenster stehen und betrachtete die Waren, die ausgestellt waren. Es sah einen sehr feinen Anzug mit schönen Stickereien. Er schaute runter auf seine Kleidung, die immer noch sehr dreckig von der Reise war.

Er ging weiter, bis er die Adresse erreichte, und staunte. Er hatte nicht damit gerechnet, ein Zimmer im Kaufmannsviertel zu bekommen. Theobald ging durch die Tür und betrat das Gebäude. Sein Zimmer lag im obersten Stockwerk. Die Stufen knarzten, während er sie emporging. Er öffnete das Schloss zu seiner Wohnung und trat ein. Er ging über den Holzboden und schaute sich um. Das Zimmer war etwas dunkel, da die Vorhänge noch zu waren. Die Wohnung war spärlich eingerichtet. Ess- und Wohnzimmer waren ein und derselbe Raum. In einer kleinen Ecke fand er die Küche, in einer anderen das Badezimmer. Er ging durch eine Tür und fand einen Raum, in dem ein Bett sowie ein Tisch und ein Stuhl standen. Gegenüber von dem Tisch war eine Kommode mit einem Spiegel. Theobald ging zum Fenster und zog den Vorhang zur Seite. Er nahm den Stuhl und stellte ihn ans Fenster, das er gleich öffnete. Er sah hinaus in die Stadt, auf die blauen Dächer des Viertels. Er hörte die Menschen, die in den Straßen spazierten, sowie das Läuten der Glocken. Ein Schwarm Tauben zog über ihn hinweg. Theobald setzte sich auf den Stuhl und atmete tief ein und schloss seine Augen, während er den Geräuschen der Stadt lauschte.

Der Autor

Sebastian Danner wurde 1995 in Rosenheim geboren und war von der Grundschulzeit an fasziniert vom Schreiben. Er schreibt Gedichte und Kurzgeschichten, von denen eine im Rahmen eines Literaturwettbewerbs des Landratsamtes Altötting mit einem Preis ausgezeichnet wurde. Danner studierte Philosophie und Literatur und fing bereits als Student an, an dem Buch „Der Soldat des Kaisers" zu arbeiten.

novum VERLAG FÜR NEUAUTOREN

Der Verlag

> *Wer aufhört*
> *besser zu werden,*
> *hat aufgehört*
> *gut zu sein!*

Basierend auf diesem Motto ist es dem novum Verlag ein Anliegen, neue Manuskripte aufzuspüren, zu veröffentlichen und deren Autoren langfristig zu fördern. Mittlerweile gilt der 1997 gegründete und mehrfach prämierte Verlag als Spezialist für Neuautoren in Deutschland, Österreich und der Schweiz.

Für jedes neue Manuskript wird innerhalb weniger Wochen eine kostenfreie, unverbindliche Lektorats-Prüfung erstellt.

Weitere Informationen zum Verlag und seinen Büchern finden Sie im Internet unter:

www.novumverlag.com